KB114032

ALCHEMIST

알케미스트

FUSION FANTASTIC STORY

시이람 장편 소설

알케미스트 9

시이람 장편 소설

초판 1쇄 찍은 날 § 2016년 4월 20일
초판 1쇄 펴낸 날 § 2016년 4월 27일

지은이 § 시이람
펴낸이 § 서경석

편집책임 § 한준만
디자인 § 이혜정

펴낸곳 § 도서출판 청어람
등록번호 § 제387-1999-000006호
등록일자 § 1999. 5. 31
어람번호 § 제1-2408호

주소 § 경기도 부천시 원미구 부일로 483번길 40 서경B/D 3F (우) 14640
전화 § 032-656-4452 팩스 § 032-656-4453
http://www.chungeoram.com
E-mail § chungeorambook@daum.net

© 시이람, 2013

ISBN 979-11-04-90766-1 04810
ISBN 978-89-251-3165-8 (세트)

ALCHEMIST

알케미스트

FUSION FANTASTIC STORY　**9**　시이람 장편 소설

도서출판
청어
람

CONTENTS

CHAPTER
01

뜻밖의 조력자

ALCHEMIST

쿠콰콰쾅!

알렉스가 펼친 다크 블레스트가 폭발하며 엄청난 폭음과 불꽃을 만들어냈다. 폭발이 얼마나 강력했는지 폭발이 일어난 창고 한쪽이 완전히 날아가 버렸을 정도이다.

"아, 아아아아……!"

신우는 바닥에 주저앉아 넋이 나간 얼굴로 이글거리는 불꽃을 멍하니 바라보며 신음성을 토해냈다.

국정원에서 일하는 것은 언젠가 목숨을 담보로 걸어야 할 일이 생길 수 있다는 것을 의미한다. 그렇기 때문에 항상 자신이 죽을 수 있다는 사실을 잊지 않으려고 했다.

하지만 누군가 자신을 대신해서 죽어준다는 생각은 단한 번도 가슴에 새긴 적이 없었다. 오히려 같이 작전을 수행하던 동료를 위해서 자신이 희생을 할지도 모른다는 생각은 한 적이 있었다.

사람의 목숨을 두고 누가 더 중요한 목숨인지 가치를 논할 수 없다고 한다. 그렇지만 이건 아니었다. 차라리 자신이 죽어야 했다.

재철은 이렇게 허무하게 목숨을 잃어야 할 사람이 아니었다. 지금까지 그가 구해준 목숨이 몇 개이며 앞으로 구할 목숨이 몇 개인지 계산할 수 없을 정도의 사람이다.

그에 반하여 자신은 이제 겨우 신입이라는 호칭을 뗀 상태이다.

'선배……'

넋을 잃고 있는 신우의 귀로 알렉스의 웃음소리가 들렸다.

"하하하! 벌레 같은 놈들이 닭살 돋는 짓거리를 하고 있구나. 어차피 조금 늦게 죽는 것일 뿐인데 말이야."

신우는 알렉스의 말에 초점이 없는 눈으로 허공에 떠 있는 그를 멍하니 바라봤다. 그런데 그의 눈에 한쪽에 처박혀 있던 창준이 소리를 죽이고 접근하는 것이 보였다.

창준이 다가오는 것을 느낀 것은 신우만이 아니었다. 알렉스가 다가오는 창준을 향해서 고개를 홱 돌렸다.

"쥐새끼같이 몰래 다가온다고 모를 줄 알았나?"

"…제길."

"이제 슬슬 마무리를 해볼까?"

알렉스는 다시 한 번 창준을 향해서 손을 펼쳤고, 그의 손에 오망성이 그려지기 시작했다. 바로 방금 전에 재철을 삼켜 버린 다크 블래스트 마법이었다.

그걸 보는 신우의 눈빛이 급격하게 돌아왔다. 그리고 그의 눈빛이 극렬한 분노로 변하기 시작했다.

옆에 굴러다니는 MP5를 집어 든 신우는 마법을 발현하기 직전인 알렉스를 향해 마구 난사했다.

타타타타탕!

"죽어! 이 개자식아!"

마법을 발현하기 전 의외의 방해를 받게 되자 알렉스는 인상을 쓰며 신우를 돌아봤다.

"조금만 기다리면 죽여줄 텐데, 빨리 죽여 달라고 목숨을 재촉하는구나!"

알렉스가 신우에게 신경을 쓰는 그 찰나, 손을 펼친 창준이 빠르게 마법을 발현했다.

"월 오브 스톤(Wall of Stone)!"

콰가가각!

마법이 발현되자 알렉스의 사방으로 바위로 만든 벽이 솟아올랐다. 바위의 벽은 그 높이가 거의 천장에 닿을 정도로 높았다.

마법이 발현되는 것에 놀란 알렉스가 서둘러 바위의 벽을 넘어서려고 했으나 이미 타이밍을 빼앗겨 빠져나올 수 없었다.

알렉스는 사방을 둘러싼 벽을 돌아보다가 소리쳤다.

"겨우 이런 것으로 나를 가둘 수 있다고 생각했나! 이 정도는 언제든지 빠져나갈 수 있어!"

그 말이 거짓이 아니라는 듯 그의 손에서 마기가 일렁이며 몰려들었다. 마법을 사용할 생각인 것 같았다.

창준이 그런 알렉스를 보면서 입을 열었다.

"당연히 빠져나올 수 있지. 가둘 생각도 없었고. 그 벽은 단지 마법의 피해가 밖으로 미치지 않게 하기 위해서 만들었을 뿐이다."

"…뭐?"

멍청히 대답하는 알렉스의 귀에 창준이 마법을 영창하는 소리가 들렸다.

"토네이도!"

바닥에서 일어난 작은 회오리바람이 이내 광폭하게 일어

났다.

드드드드!

안에서 일어나는 회오리바람에 바위로 만든 벽이 당장이라도 부서질 것처럼 요란하게 흔들렸다. 알렉스는 회오리바람에 휘말려 사방에 있는 바위벽에 처박히고 있다.

마법을 사용하려면 최소한 조금이라도 집중해야 한다. 그런데 이렇게 사방으로 날려다니며 강한 충격을 받고 있으니 마법을 사용하기는 불가능에 가까웠다.

창준은 이게 끝이 아니라는 듯 다시 손을 펼치고 사용하려고 마음속에 준비한 마법을 펼쳤다.

"라이데인! 파이어 필드!"

두 가지 마법이 바위벽 안에서 연달아 펼쳐졌다.

토네이도 마법으로 펼쳐진 회오리바람은 라이데인의 번개와 파이어 필드의 불이 더해지면서 번개가 치는 불로 만들어진 회오리바람으로 변화되었다.

이전부터 마법에 대한 연구를 소홀히 하지 않던 창준은 몇 가지 마법을 연계하여 더 강한 위력으로 만드는 방법을 찾아왔다.

그리고 지금 펼친 것이 그 성과 중에 하나였다.

상대를 가둘 수 있다면 지옥이라 할 수 있는 환경을 만들어내는 연계 마법.

"크아아아아!"

바위벽 안에서 알렉스의 비명이 흘러나왔다. 그리고 그 비명은 점점 광폭해지는 마법과 반비례하게 점차 잦아들었다.

창준은 알렉스의 비명이 사라진 이후에도 경계의 눈으로 마법이 광폭하게 날뛰는 것을 바라봤다.

'이제… 진짜 끝났겠지?'

실드로 방어한 것도 아니고 온몸으로 세 개의 마법이 엮이며 증폭되는 힘을 고스란히 받았다. 저 안에서는 어떤 생명체도 살아남지 못할 것이라고 생각했다.

창준은 지친 몸을 이끌고 알렉스가 있는 곳을 바라보며 거칠게 숨을 내쉬고 있는 신우에게 다가갔다.

"괜찮습니까?"

그러자 잠시 살기가 넘치던 신우의 눈이 창준을 향했다.

신우는 얼굴의 눈물 자국을 소매로 닦고는 살기가 흐르는 눈으로 알렉스의 비명이 들려오던 바위벽을 노려봤다. 그곳에서는 아직도 거친 회오리바람이 불고 있었고, 그 여파로 바위벽이 울리고 있었다.

"그 새끼는 죽었습니까?"

"아마도 그럴 겁니다. 아무리 괴물 같은 놈이었다고 하지만 저렇게 밀폐된 곳에서는 살아남지 못할 테니까요."

뿌득!

신우는 거칠게 이를 한 번 갈고 재철이 서 있던 자리를 바라봤다. 그곳에는 이미 재철이 있었다는 흔적도 사라지고 검게 그을린 자국만 남아 있을 뿐이다.

재철의 죽음이 실감나지 않았다. 최소한 시체라도 있어야 재철의 죽음을 사실로 받아들일 수 있을 것 같았다. 그러면 자신을 살리기 위해서 죽은 재철의 시체를 부여잡고 울 수 있을 것 같았다.

창준 역시 안면이 있는 사람이 자신의 눈앞에서 죽은 것은 이번이 처음이다.

라스베이거스에서 일을 겪고 난 이후에 언젠가는 이런 일이 일어날지 모른다고 생각했다. 그렇기에 최소한으로라도 어머니와 은미를 보호하기 위해 여러 가지 마법진을 설치해 준 것 아니겠는가.

재철은 만난 지 겨우 몇 시간 되지 않은 사람이다. 그렇기에 그가 어떤 사람인지, 어떤 인생을 살아왔는지 전혀 알지 못한다.

그저 신우를 위해서 스스로 목숨을 바친 것을 보고 나쁜 사람은 아닐 것이라 생각할 뿐이다.

이런 생각과 감정을 갖는 것이 싫었다.

아무리 잘 모르는 사람이라고 하더라도 조금이나마 안면

이 있는 사람이 눈앞에서 죽으면 감정의 변화가 있을 것이다. 그게 사람으로서 갖고 있어야 할 기본적인 것이니 말이다.

하지만 창준의 마음은 명경지수처럼 고요했다. 그저 신우의 모습을 보고 약간의 씁쓸한 마음을 갖는 것이 전부였다.

'다른 사람도 나와 같을… 까?'

질문을 하고 있지만 스스로도 대답을 알고 있었다.

마법을 익히면서 마음이 침착하게 되고 정신이 강화된다는 것은 알고 있었다. 하지만 이런 상황을 맞이해 보니 스스로가 감정이 결핍된 것은 아닌가 하는 의혹이 생겼다.

창준은 이내 고개를 저었다.

어차피 돌이킬 수 없었다. 그리고 이미 흑마법사가 이 세상에 존재하고 뭔가 좋지 않은 일을 벌이려고 한다는 것도 깨달았다.

그렇다면 이제 남은 것은 하나다.

세상을 구하겠다는 거창한 생각도 아니다. 단지 자신의 가족을 지키기 위해, 소중한 사람들을 지키기 위해서라면 나 자신이 강해져야 했다.

'괜찮을 거야. 그저 이성적인 사람이 되는 것일 뿐이니까. 정말 인격적으로 문제가 생기게 된다면 아스린이 남긴

자료에 그런 말이 있어야 하잖아.'

창준은 마음을 다잡았다.

5서클에 오른 이후로 자신이 얼마나 강해졌는지 실감했고, 다음에 라스베이거스에서 만난 흑마법사 스펜서와 같은 사람을 만나더라도 충분히 혼자서 대응할 수 있을 것이라 생각했다.

하지만 그것이 자신의 착각이라는 것이 드러났다.

숨어 있는 흑마법사는 자신보다 더욱 강한 힘을 가진 것이 분명했고, 그런 그들에게서 소중한 사람을 지키려면 자신이 더욱더 강해져야 했다.

그을린 자국 앞에 주저앉아 멍하니 소리 없는 눈물을 흘리고 있는 신우의 모습에 창준이 그의 흔들었다.

"이제 그만 일어……."

콰콰쾅!

창준의 말이 끝나기도 전에 엄청난 폭음과 함께 후폭풍이 일어나 두 사람을 밀어붙였다.

후폭풍의 위력은 엄청났다. 주변의 사물이 모두 후폭풍에 밀려 벽으로 날려가 부딪치며 박살이 났다.

창준은 창졸간에 일어난 일이었으나 서둘러 자세를 잡아 날려가는 막을 수 있었다. 하지만 후폭풍에 쓸려 몇 미터가량 밀려갔다.

신우는 창준이 어깨를 잡고 있었기에 벽으로 날려가는 것을 막을 수 있었다. 아무리 그의 신체가 일반인과 비교할 수 없을 정도로 단련되어 있다고 하지만, 그대로 날려갔으면 다른 사물들이 부서진 것처럼 그의 육체도 박살이 났을 것이다.

후폭풍이 멈추고 창준이 고개를 들어보자 그가 만든 바위벽이 박살이 나 있고, 그 안에 둥둥 떠 있는 알렉스가 보였다.

"헉헉… 헉!"

거칠게 숨을 내쉬고 있는 알렉스의 모습이 걸레처럼 보였다.

옷은 이미 흔적도 없이 사라졌고, 몸의 절반은 뼈가 박살났는지 기괴하게 뒤틀려 있으며, 일부 뼈들이 피부를 찢고 밖으로 튀어나와 있다. 뿐만 아니라 몸에는 화상으로 수포가 가득해 진물이 흐르고 있고, 심지어 머리뼈가 박살 나 뇌수가 보일 지경이다.

평범한 사람이라면 십여 번은 넘게 죽었을 모습으로, 살아 있는 것이 말이 안 되는 모습.

이런 끔찍한 상처를 입었음에도 죽지 않고 오히려 점차 상처가 치료되는 모습이 공포스럽게 다가왔다. 다행이라면 상처가 심하기 때문인지 그 속도가 그리 빠르지 않다는 점이다.

알렉스는 눈에서 시퍼런 광채를 줄기줄기 뿜으며 무시무시한 모습으로 창준을 노려봤다.

"헉헉… 감히… 감히! 으아아아!"

알렉스가 두 손을 뻗어 본 스피어 마법을 연속해서 펼치자 뼈로 만들어진 창 십여 개가 창준을 향해 날아갔다.

"제기랄!"

창준은 서둘러 날아오는 본 스피어를 피하고 고개를 돌려 알렉스를 확인했다.

그런데 창준이 확인한 위치에는 알렉스가 없었다. 그걸 깨달았을 때, 복부에 극심한 통증이 밀려왔다.

"크헉!"

어느새 다가왔는지 알렉스가 창준의 복부에 주먹을 꽂아 넣고 있다.

복부에서 느껴지는 극통에 허리가 굽어지니 알렉스는 창준의 머리를 두 손으로 내리찍었다.

쾅!

뒤통수를 가격당한 창준이 바닥에 처박혔다. 알렉스가 그런 창준의 배를 걷어차니 창준이 죽 밀려가 벽에 처박혔다.

"쿨럭쿨럭!"

거칠게 기침을 하던 창준은 겨우 눈을 떠 이글거리는 눈으로 자신을 바라보는 알렉스를 쳐다봤다.

"죽는 줄 알았다! 정말 죽는 줄 알았다고! 곱게 죽이지는 않겠어! 손가락 하나하나, 마디 하나하나 모조리 부숴주겠다!"

살기등등한 표정으로 알렉스가 걸어오는 것을 보면서 창준은 진짜 자신이 죽을 수도 있겠다고 생각했다.

그런데 그의 눈에 기묘한 것이 띄었다.

무언가가 창을 통해 들어와 창고의 벽을 타고 천장으로 이동하고 있었다.

흐릿하게 생긴 그것은 묘하게도 아무런 기척도 느껴지지 않았고, 무언가 흐릿한 것이 있는 것은 알겠는데 자세히 보려고 해도 보이지 않았다. 직접 보고 있으면서도 잘못 본 것은 아닌가 하는 마음마저 생기는 그런 이상한 현상이었다.

알렉스는 창준처럼 직접 본 것이 아니라서인지 전혀 인식을 하지 못하고 있었다.

비틀거리며 일어서려는 창준의 앞까지 다가온 알렉스가 재생되고 있는 절반밖에 안 남은 입술을 비틀며 손을 들어 올렸다. 그러자 그의 손에 마기가 몰려들며 막대한 힘이 뭉치기 시작했다.

"크큭! 5서클 원소마법사 주제에… 이제 뒈져라."

알렉스가 창준을 향해 마기를 두른 팔을 휘두르려는 찰나, 천장에 기어 올라갔던 흐릿한 무언가가 머리 위로 떨어져 내렸다.

알렉스의 머리 위로 떨어지던 흐릿한 무언가에서 기다란 검이 튀어나오더니 그대로 알렉스의 목을 뎅겅 잘라 버렸다.

푸학!

머리가 잘린 목에서 피가 분수처럼 튀어나왔다. 그 앞에 있던 창준은 알렉스의 피를 온몸으로 받을 수밖에 없었다.

피범벅이 된 창준은 멍하니 머리가 잘린 알렉스를 바라봤다.

불과 몇 초 전만 하더라도 엄청난 위용을 보이던 알렉스가 이렇게 허무하게 죽을 것이라고는 상상도 하지 못했다.

검을 휘둘러 묻어 있는 피를 제거한 의문의 인영은 검을 납검하고 자신을 멍하니 바라보고 있는 두 사람에게 입을 열었다.

"이제 곧 처리반이 도착할 겁니다. 두 분은 처리반과 함께 도착하는 의료진에게 상처를 보여주시면 될 것 같습니다."

남자인지 여자인지도 알아볼 수 없게 변조된 음성을 들

은 신우가 물었다.

"당… 신은 누구십니까?"

의문의 인영은 그의 말에 대답하지 않았다. 대신 창준이
입을 열었다.

"당신은 왜 이곳에 있습니까? 분명 나 혼자 이곳으로 보
낸 것으로 알고 있는데요."

이미 누군지 알고 있다는 의미의 말에 인영의 형체가 살
짝 일렁였다. 확실하지는 않지만 동요하고 있다는 의미이
다.

형체가 흐릿하게 보였기 때문에 그가 누군지, 여자인지
남자인지 알아볼 방법도 없었다.

하지만 창준은 그, 아니, 그녀가 누군지 단번에 알아볼
수 있었다.

'정선… 씨?'

이미 그녀를 만나봤고, 그녀가 가지고 있는 그녀만의 마
나를 알고 있기에 몰라볼 수 없었다.

알렉스를 처치했는데도 모습을 드러내지 않고 있는 걸
봐서는 자신의 정체를 알리고 싶지 않은 것 같았다. 그렇다
면 굳이 그녀의 정체를 들먹일 필요는 없었다. 그렇기에 그
녀의 이름을 들먹이지 않은 것이다.

정선은 자신이 펼친 모종의 방법으로도 창준의 눈을 속

이지 못했다는 것에 조금 당황했다.

살짝 당황한 마음을 얼른 추스른 정선이 남자인지 여자인지 모르도록 변성된 목소리로 신우를 향해 말했다.

"당신은 일단 먼저 나가시지요. 처리반이 오고 있을 것이니 그들과 합류해서 이곳으로 안내를 부탁드리겠습니다."

"네? 아, 예."

신우는 자신에게 먼저 나가라는 말에 의문을 가졌으나 이내 수긍하고 자리에서 일어섰다. 자신의 보안 등급으로는 듣지 못하는 얘기를 하려고 하는 것이라 생각했다.

지금까지 세상에 이런 사람들이 있다는 소리도 듣지 못했다. 그러니 이렇게 보안이 철저한 것도 당연하다 생각한 것이다.

신우는 밖으로 나가다가 입구에서 잠시 멈춰 서서 재철이 죽은 자리를 만감이 교차하는 눈으로 바라봤다. 그리고 이내 밖으로 나갔다.

신우가 완전히 나가고 난 이후 정선이 몸을 숨기고 있던 능력을 거둬들였다. 그러자 검은 타이즈를 입은 정선이 완전히 드러났다.

"몸은… 괜찮나요?"

창준은 살짝 고개를 끄덕이고 천천히 자리에서 일어섰다.

알렉스의 공격에 큰 고통을 받기는 했으나 뼈가 부러진 수준은 아니었다. 물론 온몸에 타박상이 있고 어딘가 접질린 것처럼 몸을 움직이는 데 불편하기는 했다.

"어떻게 여기에 있는 겁니까? 서울에 있는 것 아니었나요?"

"서울에서 문제를 일으킨 이능력자를 추적하다 보니 이쪽으로 이동한 흔적이 나타나더라고요."

"어떻게 그리 흔적을 쉽게 찾은 겁니까?"

"아시는지 모르지만 한국은 감시카메라 시스템이 세계에서 손꼽히도록 잘 적용되고 있는 나라예요. 작정하고 숨으려는 사람이 아니라면 찾는 것은 그리 어렵지 않아요. 저희를 너무 얕잡아 본 건지 모르지만 자기 흔적을 지우는 데 그리 집중하지 않았더군요. 저희는 타깃이 창준 씨를 따라서 부산으로 이동하고 있다고 판단을 내렸고, 최대한 빨리 이곳으로 왔어요."

창준은 눈을 살짝 찌푸리며 물었다.

"그러면 싸움이 시작되기 전부터 보고 있었다는 말입니까?"

"대체 저희를 어떻게 보고 그런 말을 하시는 거죠? 설마 사람이 죽어나가고 있는데 냉혈한처럼 보고만 있었을 거라고 생각하시는 건가요? 대단히 불쾌하군요."

정말 기분이 나빴는지 얼굴까지 붉게 달아오른 정선의 모습을 가만히 지켜보던 창준이 고개를 숙였다.

"오해해서 죄송합니다. 단지 너무 타이밍이 좋은 상황에 나타나서 잠시 말도 안 되는 생각을 해버렸군요."

"휴우, 사과는 받아들일게요. 제가 생각해도 기가 막힌 타이밍이었으니까요. 하지만 정말 우연에 불과해요. 이능력자가 이쪽으로 이동한 것을 확인하자마자 군용 비행기까지 이용해 최대한 빨리 이쪽으로 왔을 뿐이에요. 마침 저에게 신경 쓰지 못하는 상황이었으니 암습을 할 수 있었고요."

"네, 알겠습니다."

"일단 나가시는 것이 좋을 것 같습니다. 말씀드렸다시피 이제 곧 처리반이 올 테니까요."

고개를 끄덕인 창준이 앞장서서 나가는 정선을 따라 걸음을 옮기려고 했다. 그런데 그때, 어떤 목소리가 두 사람의 귓속을 파고들었다.

"개 같은 년, 암습을 하다니……."

목이 잘렸기에 당연히 죽었을 거라고 생각한 알렉스의 목소리에 두 사람은 소스라치게 놀라며 쓰러져 있는 알렉스의 시체로 서둘러 시선을 돌렸다.

두 사람의 눈에 보인 알렉스는 목이 잘린 상태로 바닥에 쓰러져 있었다. 하지만 시선을 잘린 머리로 돌리니 눈알을 굴려가며 두 사람을 바라보는 모습이 보였다.

"저, 저거 목이 잘렸는데도 살아 있는 거예요?"

정선이 얼굴을 찡그리며 징그러운 생물을 본 것처럼 눈을 찌푸렸다.

창준은 이미 호문클루스의 경이로운 재생력과 생존력에 대해서 알고 있었다. 하지만 그렇다고 목이 잘렸는데도 죽지 않고 살아 있을 것이라고는 상상도 못해봤다.

"나를 죽였다고 모든 게 끝난 것은 아니다……. 이미 너에 대한 정보는 우리에게 알려졌어."

"알려졌다고? 누구한테 알려졌다는 말이지?"

창준의 물음에 알렉스가 입꼬리를 끌어 올리며 웃었다. 잘린 머리통이 살아 움직이며 웃는 모습은 기괴하기 그지없었다.

"크크큭, 짧은 시간이 남았을 뿐이다. 그동안 충분히 즐기도록……."

"어서 대답해! 네 뒤에 누가 있냐고!"

창준이 서둘러 물어봤지만 알렉스는 천천히 눈을 감을 뿐이다. 그리고 이제는 완전히 죽은 것인지 그의 잘린 머리와 몸이 순식간에 부식하면서 검은 물로 변하기 시작했다. 그리고 동시에 부식하는 몸에서 마기가 뿜어져 나왔다.

정선은 마기가 정확히 무엇인지 알 수 없었지만, 느낌만으로도 충분히 불길함을 느낄 수 있었기에 창준의 어깨를 잡고 밖으로 끌고 나갔다.

끌려 나가는 창준의 시선은 여전히 녹아내리고 있는 알렉스의 머리통을 죽일 듯이 노려보고 있었다.

두 사람이 창고 밖으로 뛰쳐나오자 알렉스의 시체에서 뿜어져 나오던 마기가 폭풍이 되어 창고를 뒤흔들었다.

드드드드드!

창고가 무너질 것처럼 덜덜 떨리며 소음을 질렀고, 이내 마기의 폭풍은 창고의 지붕을 날려 버리며 하늘로 솟구쳤다.

창고 지붕을 날린 마기가 하늘로 사라지자 언제 그런 일이 있었냐는 듯 창고 내부는 정적에 휩싸였다.

창준을 끌고 피한 정선은 조심스럽게 창고로 들어가 봤다. 창고 내부에는 마기의 폭풍에 휩쓸려 버렸는지 키메라와 사람의 시체가 하나도 없이 사라져 버렸다. 심지어 굴러다니던 의자 같은 것들도 모조리 사라지고 없었다.

심각한 얼굴이 된 정선이 창준에게 다가와 물었다.

"대체 저 사람, 아니, 이상한 괴물은 뭐였죠? 목이 잘리고도 살아남아서 저런 자폭 공격까지 하다니……."

"……."

창준이 대답을 하지 않고 뭔가 생각하는 것처럼 심각한 얼굴로 고개만 숙이고 있자 정선이 그에게 다시 말했다.

"이봐요, 김창준 씨! 내 말이 안 들려요?"

그제야 고개를 든 창준은 정선의 말에 고개를 좌우로 흔들었다.

"저도 모릅니다."

"방금 괴물의 말을 들으면 그런 것도 아닌 것 같은데요? 설마 우리에게 숨기는 무언가가 있는 건 아니겠죠?"

"저런 놈들이 더 있을 수 있다는 말은 이미 듣지 않습니까? 앞으로도 저런 놈들을 상대해야 하는 상황에서 정선 씨와 국정원의 도움을 받지 않을 수 없을 겁니다. 그런데 이런 상황에서 뭘 더 숨기겠습니까? 저야말로 대체 왜 나를 노리는 건지 물어보고 싶습니다. 이유라도 알려달라고 하고 싶다고요."

짜증난 얼굴로 말하는 창준의 모습에 정선은 조금 미심쩍다는 눈으로 그를 바라보았으나 이내 시선을 돌렸다.

딱히 창준의 말을 믿는다는 것은 아니었다.

어차피 창준이 무언가 알고 있다고 하더라도 어떤 얘기도 하고 싶지 않다는 것을 알 수 있었으니 더 이상 추궁해서 상황을 복잡하게 만들 필요가 없었기 때문이다.

이들이 이런 얘기를 하고 있는 사이, 차량 몇 대와 총기로 무장을 한 사람들이 몰려왔다. 아마도 정선이 말한 처리 반인 모양이다.

사람들이 다가오는 것을 느낀 정선은 얼른 몸을 숨겼고, 신우와 처리반이 다가왔다.

"무슨… 일이 벌어진 겁니까?"

신우는 자신이 나갔을 때와 전혀 다른 모습이 되어버린 창고를 보면서 물었다. 하지만 창준은 딱히 대답을 하지 않았다.

지금 창준에게 현재 일어난 사건은 아무래도 좋았다. 그에게 문제는 향후 발생할 일이었다.

알렉스는 죽기 직전에 자신에 대한 정보를 전해줬다고 했다. 알렉스가 어디에서 나온 것인지는 알 수 없지만, 7서 클 흑마법사가 되어야 만들 수 있는 호문클루스였고 스스 로 마스터라는 사람에 대해서 언급했다.

알렉스가 언급한 것은 그것만이 아니었다. 그는 용언마 법을 알고 있었다. 그리고 아마도 느낌일 뿐이지만 아스란 에 대해서도 알고 있는 것 같았다.

창준은 길게 한숨을 내쉬었다. 상황이 너무 복잡하게 변 하고 있었다.

CHAPTER
02

영국으로부터의 초대

ALCHEMIST

어두운 공간에 작은 원탁이 하나 있다. 그 원탁의 주위로는 세 사람이 앉아 있었다.

세 사람 가운데 한 사람은 밀러 회장이었고, 한 사람은 40대 후반으로 보이는 건장한 흑인이며, 다른 한 사람은 얼굴에 가면을 쓰고 있었다.

가면을 쓴 사람이 먼저 입을 열었다.

"갑자기 이렇게 모인 이유가 뭐지?"

"괜히 쓸데없이 소집한 것이 아니라면 좋겠어. 정기 모임도 얼마 후에 있는데 말이야. 난 오늘 레드삭스 경기가 있었다고."

흑인은 꽤나 불만이 많은지 투덜거렸다.

밀러 회장은 그들의 애기를 조용히 듣고 있다가 천천히 입을 열었다.

"문제가 생겼다."

"문제? 현재 문제가 생길 만한 일이 있었나?"

"라스베이거스에서 터진 문제는 이미 봉합이 끝난 것으로 알고 있는데?"

두 사람의 의문에 밀러 회장은 두 손을 맞잡아 턱에 괴면서 말했다.

"우리 계획에 문제를 야기할 수 있는 놈이 있어. 그놈은 이미 라스베이거스에서 한 번 나타났던 놈이지."

"라스베이거스? 설마 헨릭을 말하는 건 아닐 테고… 그 한국인이라는 녀석을 말하는 건가? 이름이… 챈준? 뭐 그랬던 것 같은데."

"그놈은 별거 아니잖아. 그래봐야 결국 4서클 마법사일 뿐인데."

"나도 그런 줄 알았지. 그 녀석의 힘은 큰 위협이 아니야. 어차피 흔한 마법사 중에 하나일 뿐이니까. 하지만 문제는 그놈이 마법진을 알고 있다는 사실이야."

밀러 회장의 말에 두 사람의 눈빛이 달라졌다.

현재 시행되고 있는 일 가운데 사람을 키메라로 만드는 D는 그들 계획에서 하나의 축을 담당하고 있다. 그리고 D는 마법진을 이용하면 어떻게든 해독약을 만들 가능성이 있었다.

"…그래서 설마 D를 해독할 약이라도 연구하고 있는 건가?"

"그래. 마지막으로 확인한 결과 이미 작업에 착수했다고 들었다."

이제 두 사람의 눈빛은 심각하게 변했다.

밀러 회장은 두 사람을 한번 바라보고 피식 웃었다.

"그렇다고 심각하게 생각할 필요는 없어. 어차피 D의 해독약을 만들었다고 해서 계획이 크게 틀어질 일은 없다고 판단했으니까."

"왜 그렇지? 해독약은 충분히 문제가 될 것이라고 생각하는데?"

"문제가 전혀 안 된다는 말은 아니지. 하지만 이걸 생각해 봐. 마약을 처먹는 놈들 중에서 마약이 건강에 큰 문제가 된다는 걸 모르는 놈이 있나?"

정확히 핵심을 찌르는 말이다.

마약을 복용하게 되면 정신적인 문제부터 신체적인 문제까지 다양한 문제가 일어난다. 그리고 대부분의 사람은 마약을 먹으면 몸에 큰 문제가 생긴다는 사실도 알고 있다.

하지만 그렇다고 사람들이 마약을 복용하지 않는가?

전혀 아니다. 오히려 전 세계적으로 음지에서 마약을 복용하는 사람은 늘어나면 늘어났지 줄어들지는 않는 형편이다.

"거기다가 D를 복용하게 되었을 때 키메라로 변이할 가능성이 있다는 걸 전면적으로 발표하지도 않을 거야. 잘못하다가는 능력자들에 대해서 세상에 알려져 버릴 수 있으니까."

"…틀린 말은 아니군."

"이런 여러 가지를 고려해 봤을 때, 약간의 타격은 있겠으나 큰 문제는 없다고 판단했다."

"그렇군. 그러면 큰 문제가 되지 않는다는 사실인데… 뭐하러 우리를 불렀지?"

"알렉스가 죽었어."

"알렉스라면… 호문클루스 녀석 아닌가? 쉽게 죽을 놈이 아닌데 누가 알렉스를 죽였지? 설마… 한국인 능력자 그놈인가?"

흑인의 질문에 밀러 회장이 고개를 끄덕였다.

"맞아."

"4서클 마법사가 호문클루스를 죽였다고? 말도 안 되는 소리! 호문클루스는 5서클 마법사도 손쉽게 죽일 수 있다고 들었는데?"

"그러면 우리가 알고 있는 정보가 틀린 거겠지. 한국인 마법사의 실력이 4서클이 아니라 6서클 정도 된다거나… 아니면 한국에 알려지지 않은 다른 능력자가 있거나 말이야."

"흐음, 6서클 마법사는 아닐 거야. 그랬다면 라스베이거스에서 스펜서를 헨릭과 합세해서 싸울 필요가 없잖아."

"나도 같은 생각이야. 그리고 한국이라면 코딱지만 한 나라지만 경제 규모나 역사 등을 따져봤을 때 다른 나라에 알려지지 않은 능력자 하나쯤 있는 것도 당연하지. 오히려 능력자가 하나도 없다는 말이 더 웃긴 일이야."

두 사람의 말에 밀러 회장도 고개를 끄덕였다.

"그렇겠지. 아무튼 알렉스도 죽은 마당에 이대로 가만히 있기는 좀 힘들겠더군."

"그러면… 네가 직접 처리할 생각인가?"

"나도 그러고 싶어. 하지만 마스터에게 보고도 하지 않고 내 마음대로 나설 수는 없어. 그러다가 내 정체가 드러나면 마스터에게 질책을 받는 수준으로 끝나지 않을 거야. 난 이미 알렉스를 잃었다고."

"먼저 마스터에게 보고부터 해."

"그럴 수는 없어. 지금 마스터는 대업을 위해서 외부와 연락을 끊고 작업하시는 게 있거든."

밀러 회장의 말에 가면을 쓴 남자가 입을 열었다.

"그러면 그 한국인 마법사를 처리하는 데 우리의 손을 빌리고 싶다는 말이겠군."

"맞아."

"대업에 문제를 일으킬 가능성이 있는 4서클 마법사 정도라면 처리하는 데 큰 문제는 없지. 하지만 지금 그 녀석은 한국에 있다고. 내가 알기로 한국 정부에서도 그의 능력을 알고 주시하고 있다고 들었는데, 잘못하다가는 곤란해질 수도 있어."

"나도 한국에서 그 녀석을 처리하라는 말은 아니야."

"그러면?"

"듣자 하니 그 녀석이 영국에 자신의 회사를 가지고 있더군. 그러면 한 번쯤은 영국으로 갈 일이 있지 않겠어? 영국은… 네가 주도해서 일을 벌일 수 있는 구역이잖아."

"나라고 전혀 부담이 없지는 않아. 하지만 일을 벌일 수 있다는 말을 부정하지는 않도록 하지."

"한번 잘 알아보고 되도록 빨리 그놈을 영국으로 불러들여. 그리고 조용히 처리해 줘."

가면의 남자는 자신의 턱을 쓰다듬다가 이내 고개를 끄

덕였다.

"흐음, 어쩔 수 없지."

밀러 회장의 입가에 미소가 진해졌다.

*   *   *

늦은 밤.

일반 회사원은 이미 퇴근했을 시간이다. 하지만 여의도에 있는 알케미의 한 사무실은 여전히 불이 켜져 있었다.

불이 켜진 방에는 케이트만이 홀로 남아 쌓여 있는 서류를 꼼꼼히 읽어보며 무언가 일을 처리하고 있었다.

한동안 서류를 바라보던 케이트가 이내 손에서 서류를 내려놓고 미간을 주물렀다. 오랜 시간 동안 서류를 봤기 때문에 눈이 꽤 피곤한 상태였다.

"후우……."

가볍게 한숨을 내쉰 케이트는 의자에 몸을 깊숙이 기댔다.

'일은 문제없이 잘 풀리는 것 같아.'

솔직히 제품 성능만 보더라도 팔리지 않을 리가 없었다.

클린-1은 처음 세상에 공개된 이후로 날개 돋친 듯이 팔려나갔다. 영국에 있는 공장에서 하루 종일 물건을 생산하고 있는데도 도저히 구매하고자 하는 소비자의 숫자를 따라잡지 못하고 있을 정도였다.

이 문제를 해결하기 위해서 할 수 있는 방법은 간단했다. 제품 생산 라인을 추가로 만들면 된다.

하지만 말처럼 제품 생산 라인을 만드는 일은 간단한 게 아니다. 공장 부지를 선정하고, 제품 생산 라인을 만들 기계들을 구입해야 하며, 일할 사람도 구해야 한다.

공장 부지도 무조건 싸다고 허허벌판에 만들 수는 없는 일. 주변 여건은 어떤지, 도로 사정은 어떻게 되는지, 일할 사람들이 출근하는 것에는 문제가 없는지, 만약 출근에 문제가 있을 경우 기숙사를 세울 것인지 등등 고민할 것이 대단히 많았다.

제품 생산 라인을 만드는 작업에 들어가는 돈이 한두 푼이 아닌 만큼 차후 클린—1의 생산이 끝났을 경우를 생각해야 한다.

모든 제품에는 제품 수명이 있다. 아무리 좋은 제품이라도 영원히 똑같은 제품만 생산하는 일은 있을 수 없다.

클린—1도 마찬가지다. 언제가 될지는 모르지만 나중에는 분명히 제품을 더 이상 생산할 필요가 없을 때가 올 것이다. 그러면 지금까지 생산하던 제품 생산 라인을 다른 제품, 또는 클린—1의 후속 제품 라인으로 개조 및 수정해야 할 시기가 올 것이다. 이런 경우를 대비하여 미리 생산 라인을 최소한의 비용으로 수정할 수 있도록 대비해야 한다.

물론 클린-1의 성능이 비교될 만한 제품이 없을 정도이기에 생산이 중단될 시기는 꽤 먼 미래가 될 것이기는 했다.

아무튼 이런 여러 가지 고려할 사항이 엄청나게 많았는데, 문제는 이것을 고민하고 최종 결재를 할 사람이 현재로써는 케이트뿐이라는 것이다.

케이트는 자신의 어깨를 두드리며 얼굴을 살짝 찌푸렸다.

'빨리 사람을 구해야겠어.'

앞으로 회사 일은 점점 더 많아질 것이다. 곧 식기세척기인 클린-2가 출시할 예정이고, 더 나아가 임상실험 중인 약도 있어서 제약회사도 설립해야 한다.

이미 회사 하나를 운영하는 것도 시간이 부족한 상황에서 더 일이 늘어난다면 아무리 유능한 케이트라고 하더라도 버틸 수 없으리라.

띠리리리!

책상 위에 놓인 휴대폰이 요란하게 울리자 케이트는 눈살을 찌푸리며 액정에 뜬 이름을 바라봤다. 액정에 뜬 이름은 다름 아닌 올리비아였다.

'이렇게 늦은 시간에 무슨 일로……?'

"여보세요?"

─안녕하세요? 제가 너무 늦은 시간에 전화를 드린 것 같은데… 혹시 주무시고 계신 걸 제가 깨운 건 아니겠죠?

올리비아와 케이트가 전화를 자주 하지는 않지만 그래도 영국에 있는 공장 문제로 인하여 몇 번 전화를 했기에 지금 한국이 몇 시인지는 그녀도 알고 있었다.

"늦은 시간이기는 하지만 아직 자고 있지는 않았어요. 무슨 일인가요? 급한 일이라도 있나요?"

─문제가 있는 건 아니고요, 창준과 연락이 안 되고 있어서요. 몇 가지 물어볼 것이 있어서 연락했는데 통 전화를 받지 않는군요. 무슨 문제라도 있는 건가요?

올리비아의 말에 케이트는 대답 대신 들리지 않도록 작게 한숨을 내쉬었다.

"별다른 일은 없어요. 제가 전달해 드리도록 할게요."

─급한 일은 아니라서 그럴 필요까지 없기는 한데… 상황이 되면 연락 좀 달라고 전해주세요.

전화를 끊은 케이트는 잠시 뭔가 생각하듯이 턱을 괴고 있다가 책상을 정리하고 사무실을 나와 주차장에 세워놓은 차를 타고 운전을 시작했다.

지금 케이트가 가는 곳은 창준이 성남에 새로 구입한 실험실 및 훈련장이 있는 곳이다.

몇 달 전, 기존의 연구실이 있는 건물에서 경비원이 죽고 연구실이 폭발해 버린 사건이 있는 이후에 새로 구입한 곳이다.

창준은 부산으로 출장을 다녀온 이후로 무언가에 홀린 것처럼 연구실과 훈련장을 벗어나지 않고 있었다.

'대체 무슨 일이 있었기에⋯⋯.'

지금까지는 그저 옆에서 지켜보고만 있었지만 이제는 더이상 그럴 수 없다고 생각하며 그녀는 페달을 밟았다.

*   *   *

"후욱, 후욱!"

창준은 온몸이 땀에 젖은 모습으로 거친 숨을 내쉬었다. 그리고 어느 순간 손을 뻗으며 잔뜩 쉰 목소리로 중얼거렸다.

"샌드⋯ 스톰(Send Storm)⋯⋯."

목소리는 죽을 것 같은 피곤함이 뚝뚝 느껴지고 있었지만, 그의 손에서 발현된 6서클 마법은 그와 반대로 광폭하기만 했다.

발현된 샌드 스톰은 5서클 토네이도 마법에 대지 속성 마법이 추가된 것으로 광폭한 모래폭풍이 창준이 있는 훈련장을 박살이라도 낼 것처럼 움직였다.

드드드드드!

실제로 훈련장에 가해지는 압박도 대단했는지 훈련장 전체가 울리는 소리로 가득했다. 아마 훈련을 하기 위한 대마법 방어진이 설치되어 있지 않았다면 이 훈련장은 태풍을 만난 농장 건물처럼 산산이 부서져 날아갔으리라.

모래폭풍이 서서히 가라앉고 창준의 모습이 드러났다.

이제 창준은 서 있을 힘도 없는지 바닥에 대자로 누워 겨우겨우 숨만 할딱였다.

그렇게 잠시 누워 있던 창준은 이내 힘겹게 상체를 일으켜 가부좌를 틀고 앉아서 마나를 끌어 모았다.

창준이 이렇게 녹초가 되도록 수련을 시작한 것은 부산에서 알렉스와 결전을 갖고 올라온 직후였다.

지금 창준의 마음은 온통 조바심으로 가득 찬 상태였다.

적이 누군지도 모른다는 두려움도 있지만, 그보다 적보다 자신이 약하다는 사실이 그를 더욱 안절부절못하게 만드는 이유였다.

호문클루스를 만들 수 있는 흑마법사는 최소 7서클이 되어야 했다. 그 말은 창준이 최소한 7서클에 오르지 못하면 적에게 당할 수 있다는 말과 같았다.

일반적인 원소마법사의 경우에는 같은 서클이라고 하더라도 창준이 이길 확률이 대단히 높았다.

캐스팅에 소모되는 시간도 없이 바로 마법을 발현할 수 있다는 것 하나만 봐도 그런데 심지어 5서클에 오르면서 그의 신체적인 능력은 초인적인 수준까지 도달했다.

하지만 흑마법사를 상대해 본 창준은 같은 서클의 마법사라고 하더라도 자신감이 생기지 않았다.

호문클루스의 마법 경지는 4서클이었다. 그런데도 창준은 대단히 고전했다.

물론 호문클루스의 신체적인 능력이 창준과 거의 동급이고 그 괴물 같은 재생 능력 때문에 더욱 힘들었던 것이기는 하지만 말이다.

이런 여러 가지 일들 때문에 창준은 서울로 올라오자마자 바로 새로운 연구실과 수련장을 마련하고 단 하루도 빠짐없이 수련과 연구에만 매진하고 있었다.

국정원과 공조하는 문제도 생각해 봤다. 하지만 상대가 너무 좋지 않았다.

7서클 흑마법사를 자신과 정선이 처리를 한다?

해보지는 않았지만 거의 불가능에 가까울 거라는 생각이 들었다.

'최소한 7서클까지는 올라야 가족들을 보호할 수 있어!'

지금 창준은 이미 6서클에 도달해 있었다.

애초에 아스란이 남긴 일리미트 비블리어시카에는 5서클의 벽을 넘으면 7서클까지는 얼마나 수련을 하느냐에 따라서 무난히 도달할 수 있다고 했다.

그런데 6서클에 도달하고 7서클로 가는 과정에서 문제가 생겼다.

아무리 수련을 해도 마법이 늘어나는 느낌을 받을 수 없던 것이다.

마법이 정체되어 있기에 잠까지 줄여가며 더욱 간절하게 붙잡으려고 했으나 아무리 코피가 터지도록 수련을 해도 마법이 늘어나지 않았다.

그렇다고 포기하고 수련을 멈출 수는 없었다. 다음에 또 어떤 적이 나타나 자신과 가족을 위협할지 알 수 없었다.

지금 가진 6서클 마법사라는 힘과 국정원의 지원이면 알렉스를 상대한 것처럼 충분히 대응할 수 있을지도 모른다.

하지만 근래에 있던 라스베이거스에서 스펜서와 싸운 일이나 부산에서 알렉스와 싸운 것을 떠올리면 소름이 돋았다. 두 싸움 모두 다른 사람의 힘을 통해서 간신히 살아남았다고 할 수 있었다.

만약 다음에 또 이런 싸움을 하게 됐을 경우, 이번과 같은 지원을 받을 수 없는 상황이라면? 그것도 아니면 지원을 받아도 이길 수 없을 정도로 강한 상대라면?

싸움에 패했을 경우 자신만 죽는 게 아니다. 그리고 키메라에 대응을 하지 못하게 된 세계는 혼란에 빠질 것이고, 자신의 소중한 사람들 역시 그 혼란에서 살아남기란 대단히 힘든 일이 될 것이다.

그러니 또 언제 일어날지 모르는 싸움을 대비하여 최대한 힘을 길러야 했다.

'그런데 왜 더 이상 힘이 늘어나지 않는 거냐고.'

마나를 가다듬은 창준은 잔뜩 인상을 찌푸리며 살짝 이를 갈았다.

빨리 힘이 늘어나도 부족할 판국에 정체되어 있으니 답답함을 금할 수 없었다.

초인종이 울린 것은 바로 이때였다.

땡동!

자리에서 일어난 창준이 인터컴을 확인하자 작은 액정에 케이트가 서 있다.

'이렇게 늦은 시간에… 무슨 일이라도 있나?'

문이 열어주자 잠시 후 케이트가 수련장으로 들어왔다.

케이트는 안으로 들어와 창준은 보며 살짝 얼굴을 굳혔다.

아무리 창준의 신체적 능력과 체력이 사람의 한계를 벗

어났다고 하더라도 하루 종일 수련과 연구를 진행하며 잠도 거의 자고 있지 않으니 그의 몰골은 상당히 피폐하게 보일 수밖에 없었다.

"무슨 일이라도 있어요? 이렇게 늦은 시간에 찾아오다니······."

창준의 말에 작게 한숨을 내쉰 케이트가 입을 열었다.

"영국에서 브리스톨 영애에게서 연락이 왔습니다."

"올리비아가요? 무슨 일로요?"

"알스가 연락이 되지 않는다고 하더군요. 휴대폰은 어디에 두셨어요?"

"아, 그거 지금 연구실에 놔뒀는데······."

창준에게 연락이 오는 전화는 거의 뻔하다. 어머니와 은미, 케이트, 친구인 덕현 정도이다.

어머니와 은미에게는 당분간 바쁜 일이 있어서 연락이 잘 안 될 거라고 얘기를 해놨고, 케이트는 자주는 아니지만 일주일에 한 번 정도는 이렇게 수련장으로 찾아와서 만나고 있다. 덕현은 케이트의 말에 따르면 연락할 시간이 없을 거라고 했다.

이런 상황이니 굳이 휴대폰을 옆에 놔둘 필요가 없어서 연구실에 놔뒀을 뿐인데, 하필이면 이런 때에 올리비아가 연락을 한 것이다.

"무슨 일로 전화했다고 해요?"

"저도 자세한 얘기는 모르겠습니다. 아마 알스에게 직접 할하고 싶어 하는 것 같던데, 아무래도 직접 연락을 해보셔야 할 것 같습니다."

"흠, 무슨 일이지?"

딱히 중요한 일이 아니면 연락을 하고 싶은 마음은 없었다. 하지만 라스베이거스에서의 일도 그렇고 올리비아의 신세를 지고 있는 일이 많으니 무작정 무시할 수는 없었다.

창준은 올리비아를 싫어하지는 않는다. 단지 케이트만큼 신뢰하지를 않을 뿐이다.

올리비아는 그를 어떻게 생각하고 있는지 모르지만, 창준은 두 사람의 관계가 단지 거래에 불과하다고 생각하고 있었다.

"지금 전화하셔도 될 겁니다. 한 시간 정도 전에 전화가 왔고 영국은 지금 이 시간이면 실례가 되지 않을 테니까요."

"흠, 그럴까요? 근데 전화기가⋯⋯."

"제 휴대폰으로 하셔도 됩니다."

"아, 고마워요."

케이트는 올리비아의 전화번호를 누르고 창준에게 전화기를 내밀었다.

몇 번의 신호음이 울리고 마침내 올리비아가 전화를 받았다.

─창준과 연락은 되었나요, 미스 프로시아?

"접니다."

─오, 창준! 케이트의 전화로 연락을 주다니, 휴대폰을 잃어버렸나요?

"전화를 받지 못한 건 미안합니다. 휴대폰을 다른 곳에 놓고 와서요. 무슨 일로 전화를 주신 겁니까?"

─다른 건 아니고, 전에 창준이 요청한 일이 거의 마무리 단계에 들어갔기에 알려 드리려고 연락했어요.

"제가… 요청했다고요?"

─네! 설마 잊어버리고 있던 건가요?

창준은 자신이 어떤 걸 올리비아에게 요청했는지 머리를 쥐어짜 봤지만 딱히 떠오르는 것이 없었다.

잠시간의 침묵에서 창준이 잊어버렸다는 것을 눈치챘는지 올리비아가 약간 힘이 빠진 목소리로 말했다.

─당신이 포션이라 부른 약의 임상실험을 말하는 거예요.

"아!"

창준은 그제야 생각이 나서 신음성을 내뱉었다. 나름대로 현재의 상황에 대해 변명하자면 요즘 수련하는 것에 완전히 빠져 있었다는 것이다. 그래도 포션까지 까맣게 잊어 버리고 있었다는 건 조금 반성할 부분이기는 했다.

"미안해요. 요즘 좀 바쁜 일이 있어서 전혀 신경을 쓰지 못하고 있었어요. 진행 사항이 어떻게 되고 있는데요?"

─일단 내부 허가는 모두 떨어졌고요, 임상실험도 끝났 어요. 원래는 2년 이상 실험을 해야 하지만… 그 부분은 약 간의 작업을 해서 정상적인 임상실험을 한 걸로 했어요.

"그러면 이제 생산 및 판매를 할 수 있다는 말인가요?"

─으음, 바로 직전 단계까지 왔다고 봐야죠. 생산할 준비 는 모두 끝나셨나요?

창준은 휴대폰을 귀에서 떼고 케이트에게 물었다.

"포션 생산 준비는 어떻게 되었나요?"

"영국에서 생산하는 걸로 준비했습니다. 저희 공장 라인 을 제외하고 다른 준비는 끝났으니 허가만 떨어진다면 바 로 부지를 구입하고 생산 라인 시공에 착수할 수 있습니 다."

언제나 그렇듯 케이트는 이미 모든 준비를 끝내놓았다. 창준은 아마 그녀가 자신의 옆에 없었으면 지금 하는 모든 사업이 하나도 제대로 시행되고 있지 못했을 것이라 생각 했다.

"준비는 완료됐다고 하네요. 허가만 떨어지면 돼요."

─그렇군요. 그러면… 허가를 내기 전에 한번 영국으로 오서서 만나주셨으면 하는 분이 있는데, 괜찮을까요?

"저를 만나고 싶다고요? 누가요?"

─그건… 전화로 알려드리기 조금 힘들군요. 많이 중요한 분이라고만 말씀드릴게요.

창준의 눈살이 살짝 찌푸려졌다.

전화로 이름을 언급하는 것도 힘들 정도라면 대중 앞에 모습을 드러내는 사람은 아닐 것이라는 생각이 들었다. 아니면 너무 유명해서 쉽사리 언급하면 안 되는 사람일 수도 있었다.

'예를 들면 영국 여왕이라든가…….'

설마 그럴 리는 없겠으나 그 정도로 영향력이 있는 사람일 가능성도 배제할 수 없었다.

그렇다고 하더라도 창준이 그런 사람을 만나야 할 이유는 없었다.

"음, 꼭 가야 되는 건가요?"

─강요하는 건 아니고요, 창준이 영국을 방문하지 않더라도 허가는 나올 거예요. 단지… 크게 불편하지 않다면 방문을 해주셨으면 좋겠어요.

아마 알렉스와 싸움이 있기 전이라면 영국을 방문하는 게 크게 부담되지 않았을 것이다.

하지만 지금은 이렇게 그녀와 전화하고 있는 짧은 시간마저도 아깝다는 생각이 머리에 자리하고 있다.

"일단… 고려는 해보도록 할게요. 지금 저도 바쁜 일들이 있어서 처리되는 대로 연락드리는 것은 어떨까요?"

곤란함이 담긴 창준의 말에 올리비아는 웃음기가 담긴 목소리로 말했다.

─알겠어요. 저도 사전에 아무런 말도 하지 않고 갑자기 말을 꺼낸 거니까요. 확실한 건 그분을 만나는 것이 창준에게도 크게 나쁜 일은 아닐 거라는 거예요. 생각해 보시고 정해지면 연락을 주시겠어요?

"알겠습니다. 정해지는 대로 바로 연락드리도록 하지요."

─좋아요. 한국은 늦은 시간이니 그만 쉬도록 하세요.

전화를 끊은 창준은 휴대폰을 케이트에게 건넸다. 그러자 케이트가 휴대폰을 받고 창준에게 물었다.

"미스 브리스톨 영애께서 영국 방문을 요청하신 건가요?"

내용은 듣지 못했지만 대충 눈치로 알아맞힌 케이트였다.

"네. 누가 저를 만나고 싶어 한다는데… 꽤 중요한 사람인 모양이네요. 이름도 말하기 어렵다는 것을 보면요."

"그래서, 영국엔 가실 생각인가요?"

"글쎄요. 지금은 좀 많이 바쁜데……."

창준의 스케줄은 창준보다 케이트가 더 정확히 알고 있다. 그러니 그가 다른 스케줄이 있는 것이 아니라 수련을 하기 위해서 이렇게 빼는 것도 알고 있었다.

케이트는 창준이 걱정스러웠다. 그가 평범한 사람과 비교도 할 수 없는 힘을 가지고 있다는 것은 알고 있으나 지금 겉으로 보이는 창준의 모습이 많이 심각했기 때문이다.

가볍게 한숨을 내쉰 케이트가 창준에게 물었다.

"잠은 제대로 자고 있는 건가요?"

"당연하죠. 나름대로 건강 관리를 하면서……."

창준을 하던 말을 멈췄다. 케이트가 그의 얼굴을 향해 천천히 손을 뻗고 있었기 때문이다.

케이트의 손이 창준의 뺨에 닿았다. 케이트의 손이 그의 뺨을 쓰다듬었다.

창준의 뺨을 만지작거리던 케이트가 애잔한 눈으로 그를 바라봤다.

"그런 사람이 이런 모습일 리가 없잖아요."

참 이상한 사람이다.

지금까지 그를 보면 항상 무언가를 숨기고 홀로 짊어지려 하고 있다. 다른 사람이 그를 도와줄 수 있을지, 함께할 사람이 있을지 찾으려고 하지 않고 항상 혼자다.

이런 그가 안쓰럽고 애잔했다. 그를 이미 마음에 담고 있기 때문일 것이다.

"…케이트……."

"저는 당신이 왜 이렇게 스스로를 혹사하고 있는지 잘 몰라요. 하지만 하나는 알고 있어요."

"……."

"사람은 적당히 휴식을 취하면서 일을 해야 한다는 거예요."

창준은 케이트의 말에 아무런 대꾸를 하지 못했다. 확실히 지금 그의 몰골은 혹사하고 있지 않다고 말하지 못할 정도였으니 말이다.

"…하지만 어쩔 수 없어요. 내가 더 노력하지 않으면…다음에는……."

케이트는 창준의 말을 다 듣지도 않고 그의 머리를 잡아 자신의 품으로 이끌었다. 창준은 그녀의 손길을 거부하지 않고 무릎을 살짝 굽혀가며 그녀가 이끄는 대로 가만히 있었다.

케이트의 가슴에 머리가 푹 묻혔다.

'…냄새… 좋다.'

창준은 케이트의 몸에서 은은한 향기를 맡았다. 정신이

아찔할 정도로 좋은 향기와 부드러운 케이트의 감촉은 창준의 정신을 몽롱하게 만들었다.

"오늘은 이만 쉬어요. 지금 당신에게 필요한 건 바로 그것이에요."

"하지만……."

"반론은 듣지 않겠어요."

케이트는 자신의 가슴에 안겨 있는 창준의 얼굴을 바라봤다. 그리고 서서히 그의 얼굴로 자신의 얼굴을 가져갔다.

두 사람의 입술이 서로 마주쳤다.

창준의 눈이 살짝 떠졌지만 이내 그의 눈은 다시 천천히 감겼다.

누군가 자신을 걱정해 주고 있기 때문일까?

창준의 마음을 가득 채우고 있던 조급함이 그녀의 향기와 감촉으로 서서히 흐려지는 듯한 느낌이다.

두 사람의 입술이 떨어지고, 케이트는 창준의 머리를 다시 가슴에 안았다.

"오늘은 더 이상 무리하지 말고 쉬어요. 제가 말려도 내일부터 또 힘든 시간을 보낼 거라고 봐요. 그러니… 오늘은 쉬어요. 내가 같이… 같이 있을 테니까요."

창준은 케이트의 말에 심장이 급격히 뛰었다.

혹시 잘못 들은 것은 아닌지 고개를 들어 케이트의 아름

다운 얼굴을 바라봤다. 그러자 그의 눈에 뺨을 살짝 붉게
물들인 케이트가 보였다.

너무나 귀엽고 사랑스러웠다.

창준은 희미하게 미소를 지으며 팔을 뻗어 케이트의 허
리를 끌어안았다.

CHAPTER
03

휴식

ALCHEMIST

햇빛이 창문의 커튼 틈 사이로 들어왔다. 햇빛은 공교롭게도 침대에 누워 있는 창준의 눈가를 자극했다.

"으음……."

작은 신음성을 내며 눈을 가늘게 뜬 창준은 문득 자신의 가슴에 뭔가 묵직한 것이 올라가 있는 것을 느꼈다.

잠시 눈을 깜빡이며 정신을 차린 창준은 고개를 살짝 내려 자신의 가슴을 바라봤다. 탐스러운 붉은 머리카락이 먼저 눈에 들어왔다.

'아, 맞다! 어제 케이트랑…….'

어제의 기억이 떠올랐다.

케이트는 그녀가 말한 것처럼 돌아가지 않고 창준과 함께 있었다. 두 사람은 누가 먼저 얘기하지도 않았는데 알아서 수련장 옆에 있는 침실로 갔고, 작은 침대에 함께 누워 사랑을 나눴다.

환상과 같던 그 시간을 떠올리니 창준의 입가에 자신도 모르게 흐뭇한 미소가 떠올랐다.

창준은 상체가 움직이지 않게 조심스럽게 손을 들어 자신의 가슴에 얼굴을 묻고 있는 케이트의 얼굴로 가져가 그녀의 얼굴을 가리고 있는 머리카락을 슬그머니 치웠다.

눈을 꼭 감고 있는 케이트의 얼굴은 아침인데도 부스스한 느낌이 전혀 들지 않았다. 언제나 그런 것처럼 너무나 아름답고 사랑스러웠다.

창준의 손길을 느낀 것일까? 케이트가 살며시 눈을 떴다.

"잘 잤어요?"

"…알스? 아!"

잠이 덜 깼는지 멍하니 창준의 얼굴을 보다가 이내 정신이 드는지 작은 소리를 내며 상체를 들어 올렸다.

하지만 그녀의 얼굴이 자신의 가슴에서 채 떨어지기도 전에 창준이 그녀의 머리를 살며시 잡고 다시 가슴에 품었다.

"아, 알스!"

당황하여 작게 버둥거리는 케이트의 머리를 토닥이며 창준이 말했다.

"가만히 있어요. 지금 최고로 기분 좋으니까."

"아……!"

그 말에 케이트는 이내 버둥거리던 것을 멈추고 가만히 있었다.

"잘 잤어요?"

"…네."

"저도 잘 잤어요. 덕분에 아침 일찍 일어나지도 않았고요."

케이트의 얼굴이 화끈 달아올랐다. 창준의 말이 마치 어젯밤의 일을 빗대어 말하는 것처럼 느껴졌기 때문이다.

"출근 많이 늦었어요. 빨리 준비해야……."

"괜찮아요. 오늘 하루 출근하지 않는다고 회사 망하는 거 아니잖아요? 케이트도 좀 쉬어요."

업무는 케이트가 거의 전부 수행하지만 회사 사장은 창준이다. 그가 쉬라고 하면 쉬어도 된다.

몇 가지 일이 마음에 걸리기는 했다. 오늘 결재를 해야할 건이 몇 있었는데, 다행히 하루 정도 늦는다고 해서 큰 문제가 일어날 일들은 아니었다.

케이트도 오늘 회사를 가지 않을 거라고 정하고 나자 마음이 편해졌다.

자신의 피부로 느껴지는 창준의 피부 느낌이 너무나 좋았다. 눈을 뜨고 창준을 보니 이번에는 창준이 눈을 감고 있다.

문득 케이트는 어쩌다가 자신이 창준을 마음에 담게 되었는지 떠올려 봤다. 하지만 딱히 어떤 계기가 있어서 그를 마음에 담았다고 얘기할 것이 떠오르지 않았다.

지금까지 살아오면서 케이트는 단 한 번도 연애를 해본 적이 없다. 패트릭 회장의 은혜를 갚기 위해서 열심히 공부만 했고, 그의 비서가 되어서는 남자에게 시선을 돌린 적도 없다. 어쩌면 자신은 앞으로도 계속 누군가를 사랑하는 일이 없을 거라고 생각한 적도 있었다.

그런데 이제 그런 사람이 생겼다.

납치를 당했을 때는 마치 용사처럼 나타나서 자신을 구해줬다. 그때부터인지도 모른다. 그를 점점 마음에 담게 된 것이.

그리고 그가 라스베이거스에서 실종되었을 때는 정말 정신이 나가는 줄 알았다. 이때에는 이미 자신이 그를 사랑하고 있다고 생각하게 되었다.

'너무… 좋다.'

케이트는 환하게 미소 지으며 두 팔로 창준의 허리를 살며시 끌어안았다. 자신의 피부와 그의 피부가 서로 부딪치는 감촉이 너무나 좋았다.

창준은 눈을 떴다가 환하게 웃고 있는 케이트를 봤다. 단한 번도 그녀가 이렇게 환하게 웃고 있는 모습을 본 적이 없다.

무엇보다 그녀가 자신을 보는 눈빛을 보라. 그녀의 눈빛에는 자신이 사랑받고 있다는 것을 확실하게 느낄 수 있는 어떤 감정이 넘치도록 담겨 있었다.

창준은 더 이상 참을 수 없어 그녀의 몸을 부드럽게 자신의 위로 끌어올려 그녀의 입술에 입을 맞췄다.

그의 몸 위에 엎드려 열심히 입을 맞추던 케이트가 뭔가에 놀란 것처럼 입술을 떼고 창준을 바라봤다.

창준은 살짝 눈을 피하며 말했다.

"어쩔 수 없어요. 케이트가 너무 사랑스럽게 저를 바라봤잖아요. 그리고… 제가 한창 건강할 때이기도 하고요."

그의 말에 케이트는 웃으며 오히려 진한 키스를 선사했다.

정말 타이밍 나쁘게도 전화가 울린 것은 바로 그때였다.

지이이잉!

케이트에게 키스를 하던 창준의 얼굴이 살짝 일그러졌다

가 이내 벨소리를 무시하며 케이트의 입술을 찾았다.

뜨겁게 키스를 하던 입술이 떨어지자 케이트가 고혹적인 눈빛으로 창준을 올려다보며 말했다.

"전화… 안 받아요?"

"안 받아요."

"누군지 확인도 안 했잖아요."

"상관없어요. 대통령의 전화라도 안 받을 거예요."

자신의 목덜미로 움직이는 창준의 입술에 케이트가 가볍게 진저리를 쳤다.

"누군지… 확인해 봐요."

"싫어요. 지금은 우리 둘만의 시간으로 남기고 싶다고요."

투정을 부리는 듯한 창준의 말에 케이트가 그의 얼굴을 잡아 올렸다.

"내가 신경 쓰여요. 어서 확인해 봐요. 정말 급한 일이면 어쩌려고요."

"아우!"

창준이 정말 골이 난 얼굴로 손을 뻗어 침대 아래 떨어져 있는 휴대폰을 집어 들었다.

액정을 확인한 창준의 얼굴이 또다시 일그러졌다.

"누구예요?"

"…국정원이요."

정확히는 정선이었다.

"받아요."

"흠, 고민 중이에요."

솔직히 별로 받고 싶은 생각이 없었다.

큰 실수를 한 것은 아니다. 오히려 부산에서 정선의 도움이 아니었다면 자신은 죽었을 것이니 도움을 받았다고 해야 한다.

하지만 과정을 생각하면 자신이 미끼가 된 것은 아니었나 하는 생각에 국정원을 믿어서는 안 되는 곳으로 인식하기 시작했다는 게 문제였다.

앞으로 드러나지 않은 흑마법사와 싸울 가능성이 크다. 그런데 이번과 같이 자신과 논의하지 않고 일을 진행하게 되면 어떤 사고가 발생할지 모른다.

'차라리… 올리비아와의 유대를 돈독히 가지는 게 안전하지 않을까?'

아직 올리비아와 MI6과의 유대가 없어진 것을 모르는 창준은 이런 생각을 할 수밖에 없었다.

창준은 일단 전화를 받았다.

"말씀하세요."

─저번 사건에 대해서 조사가 거의 완료되었어요. 한번

만났으면 좋겠군요.

"제가 요즘 바빠서요. 봐야 할 자료가 있는 게 아니라면 간략하게 설명만 해주셨으면 좋겠군요."

평소에도 그랬지만 창준의 목소리는 이전보다 더 사무적이었다.

그의 목소리가 변한 것은 정선도 알아차리고 있었다. 그동안 몇 번 전화를 하면서 창준이 변한 것을 어느 정도 눈치채고 있었다.

정선, 아니, 국정원은 창준과 등을 돌리고 싶은 생각이 전혀 없었다. 그렇기에 이런 미묘한 창준의 반응에도 전보다 더 호의적인 태도로 나갔다.

─당신이 말한 알렉스라는 사람에 대해 조사를 해봤는데, 한국에는 이번이 처음 들어온 것이지만 유럽이나 미국에서는 조금씩 확인이 되더군요.

"…뭐 하는 사람으로 나오던가요?"

─청부업자였어요. 예상은 하고 있었지만.

"혼자 움직이는 사람이었나요? 동료가 있을 것 같은데……."

─그건 확인하지 못했어요. 하지만 일반적으로 청부업자들이 혼자 활동하는 경우는 거의 없으니 아마도 그럴 거라 생각합니다.

알렉스는 창준을 죽이려고 했다. 그리고 그의 뒤에는 흑마법사가 있는 게 확정적이다. 아마도 그들은 여전히 창준을 죽이려고 할 것이다.

이런 상황을 막으려면 최소한 알렉스의 동료가 누구인지는 확인해야 했다.

"찾을 수 있겠습니까?"

─저희도 최선을 다하고 있어요. 미국과 유럽 등 협조를 요청할 수 있는 곳에는 전부 요청한 상황이에요.

창준이 심각한 얘기를 하기 시작했기 때문인지 침대에 같이 누워 있던 케이트가 슬그머니 침대에서 빠져나왔다.

케이트의 뒷모습을 본 창준은 순간적으로 멍하니 그녀를 바라봤다.

전라의 뒷모습은 마치 명장이 대리석으로 만든 하나의 조각품처럼 흠 잡을 곳이라곤 없었다. 숨이 막힐 듯한 케이트의 자태는 그녀가 창준이 입던 티셔츠를 입음으로써 가려졌다.

'하아, 이게 꿈은 아니지?'

너무 고혹적인 모습을 봤기 때문인지 창준은 순간적으로 이런 생각을 했다.

침묵이 길어지자 정선이 그를 불렀다.

─무슨 일이 있나요?

정신이 번쩍 든 창준이 서둘러 대답했다.

"아! 별일 없습니다."

─알겠어요. 그리고 해독제는 어떻게 되고 있나요?

"거의 완성이 끝났습니다. 조만간 완성될 겁니다."

─좋아요. 해독제가 완성되면 당신도 국정원에 오셨으면 좋겠군요.

"아무튼 다른 소식이 들어오면 다시 연락 주시죠."

간단하게 전화를 끊고 침실을 나가보니 케이트가 식사를 준비하려는지 냉장고를 열고 있다.

"식사는 준비할 필요 없어요."

"배 안 고파요?"

"나가서 먹어요. 근사한 곳으로 가서요."

"얼른 먹고 회사를……."

"아까 말했잖아요. 오늘 회사 가지 말자고요. 우리 하루 안 나간다고 안 망한다고요. 그리고 망해도 상관없기도 하고요."

창준은 케이트를 욕실을 향해 떠밀었다.

* * *

정선이 전화를 끊자 옆에 있던 국정원장이 그녀를 바라

봤다. 그러자 정선이 고개를 살짝 저었다.

"왜? 아직도 풀리지 않은 것 같나?"

"전혀요. 앞으로도 풀릴 것 같아 보이지 않아요."

냉정한 정선의 말에 국정원장은 가볍게 혀를 찼다.

알렉스와 일이 있던 이후로 창준의 태도가 바뀌었다. 그렇다고 아주 문제가 될 정도는 아니다.

단지 창준이 그들을 대하는 태도가 완전히 사무적으로 바뀌면서 이번 해독제만 끝나면 영원히 연락을 하지 않을 것처럼 느껴진다는 정도이다.

만약 창준이 그들이 느끼는 것처럼 앞으로 국정원과 관계를 끊는다면 그건 간단히 넘어갈 문제가 아니었다.

이미 창준은 자신은 능력을 여과 없이 보여줬다. 해독제 하나만 하더라도 전 세계에서 아무도 해결하지 못하는 것을 그가 해결했다.

아무리 해독제가 중요하다고 하지만 그것을 끝으로 창준이 국정원과 관계를 끊는다면 그 손해는 돈으로 환산할 수 있는 수준의 그것이 아니었다.

"그게 그렇게 기분이 나쁠 일인가? 어찌 됐든 덕분에 위험한 상황에서 목숨을 건졌으면서 말이야."

국정원장은 이해가 되지 않는다는 듯이 말했다.

"그가 무슨 생각을 하고 있는지는 모르지만… 신뢰가 깨졌다고 생각하는 건 아닐까요? 그의 입장에서는 자신을 미끼로 썼다고 생각할 수 있는 부분이니까요."

"어차피 그 괴물 같은 놈이 노린 것은 대통령이나 다른 중요한 사람이 아니라 김창준 그 사람이었잖아. 그리고 미끼로 쓴 것이 아니라 만약을 대비한 일이 터져 서둘러 지원한 거라고 충분히 설명을 했건만……."

국정원장은 다시 한 번 혀를 찼다.

정부에는 무능하거나 권위의식에 가득 찬 관료들이 많았다. 그런 사람들과 비교했을 때 국정원장은 대단히 유능하고 의식이 깨어 있는 사람이었다.

하지만 그 역시 강하지는 않지만 관료 특유의 결과론적인 의식을 갖고 있었다.

결과적으로 창준을 노리던 알렉스를 적은 손해로 처리했으니 모두에게 좋은 것이 아니냐는 생각이다.

틀린 말은 아니지만 창준은 처음부터 국정원을 크게 믿고 있지 않았고, 앞으로 이와 비슷한 사건이 일어나면 언제든지 자신을 속이고 일을 처리할 수 있는 믿을 수 없는 곳이라는 인식을 준 것도 사실이다.

정선은 창준의 마음을 어느 정도 이해하고 있었다. 하지만 그걸 굳이 입 밖에 꺼내지는 않았다. 말을 한다고 해서 달라질 것이 없으니 말이다.

"아무튼 지속적으로 관계를 개선하기 위해서 노력하도록 하게."

　"알겠습니다."

　"그리고 해독제가 곧 완성된다고 하니 시제품을 가지고 오면 보고하도록 하고."

CHAPTER
04

해독약을 만들다

ALCHEMIST

창준은 바닥에 그려진 커다란 마법진 가운데에 온갖 재료를 가져다 놓았다.

화학약품부터 한약재까지 무려 이십여 가지의 재료를 마법진 가운데 쌓아놓은 창준은 크게 심호흡을 하며 마법진을 향해 손을 뻗었다.

"엑티베이션."

나지막한 창준의 말에 마법진이 웅웅 하는 소리를 내며 반응을 보이기 시작했다.

진동하는 소리만 내던 마법진은 어느 순간 서서히 서광

과 같은 빛을 내보이는가 싶더니 빛이 점점 밝아지면서 종국엔 눈을 뜰 수 없을 정도로 찬란한 빛을 뿜어냈다.

그렇게 대략 1분 정도 지나자 빛은 점점 가라앉았고, 마법진은 활동을 멈췄다.

창준은 감고 있던 눈을 뜨고 마법진에 쌓아둔 재료가 있던 곳을 바라봤다.

'성공… 인가?'

마법진으로 걸어간 창준은 재료가 있던 곳에 쌓여 있는 약 스무 알 정도의 파란색 알약 중 하나를 집어 들고 분석 마법을 사용했다.

분석 마법이 끝났을 때 창준의 얼굴에 감출 수 없는 미소가 드러나기 시작했다.

'성공이다!'

생각보다 오래 걸린 작업이었다. 원래의 계획대로라면 벌써 완성해서 국정원에 넘겨야 했다.

어쩔 수 없었다. 갑자기 나타난 알렉스가 그의 실험실을 박살 내버릴 거라고 어떻게 짐작했겠는가.

'아무튼 완성했으니까.'

창준은 휴대폰을 들고 정선에게 전화를 걸었다. 몇 번의 신호음이 지나고 정선이 전화를 받았다.

─백정선입니다. 말씀하세요.

"완성했습니다."

─네? 해독제를 완성했다는 말인가요?

수화기를 통해 격앙된 정선의 목소리가 울렸다.

이 해독제로 인하여 한국이 얻을 이익은 막대했다. 이미 창준을 빼내오기 위해서 양보한 외교적 사항은 물론이고 미국을 제외하고도 다른 국가들에게서 얻어올 수 있는 이익이 얼마나 많은가.

이것을 돈으로 환산하면 계산하기도 불가능할 정도의 이익이라고 할 수 있었다.

하다못해 완성된 해독제만 판다고 하더라도 그 이익은 상상할 수 없을 정도이다.

창준은 사무적인 어투로 대답했다.

"일단 완성된 해독제를 가지고 국정원으로 가도록 하지요."

─자, 잠깐만요!

"왜요?"

─지금 당장 보고하고 안전 수송을 위한 인력과 차량을 보내도록 할게요.

"굳이 그럴 필요까지는……."

─아닙니다. 조금만 기다려 주세요.

단호한 정선의 말에 창준은 알았다고 대답했다. 귀찮기

는 하지만 국정원에서 이 해독제에 대해서 대단히 기대하고 있다는 건 알고 있었으니까.

그리고 이번 일을 끝으로 국정원과의 관계를 정리하려는 창준이었으니 이 정도 귀찮음은 감수해 줄 수 있었다.

정선과 전화를 끊고 얼마 지나지 않아 다시 전화가 왔다.

─지금 호송 인원과 안전 차량을 보냈습니다. 창준 씨는 호송 인원과 함께 국정원으로 오시면 될 것 같습니다.

"기다리도록 하지요."

전화를 끊은 창준은 국정원에 건네줄 자료를 대충 정리하고 작은 유리병에 해독제를 담았다.

그리고 커피포트에서 커피를 뽑은 창준은 여유롭게 커피를 마시며 국정원에서 보낸 사람들이 도착하기를 기다렸다.

얼마 전까지만 하더라도 이런 휴식 시간마저 아까워하며 미친 듯이 훈련에 매진했다. 하지만 케이트가 찾아온 이후로 조바심이 드는 마음을 가다듬으며 일부러라도 휴식을 가졌다.

아무리 급하게 해도 되지 않을 때는 여유를 가져보는 것도 나쁘지 않았다.

케이트는 창준에게 그걸 알려줬다.

그래서일까?

여유를 가진 이후부터 오히려 점차 마법이 늘어가는 것을 느낄 수 있었다.

케이트를 생각하자 창준의 입가에 살짝 미소가 서렸다.

'일은 잘하고 있으려나?'

당연히 잘하고 있을 것이다. 맡은 일을 철저히 처리하는 그녀의 성격상 대충 할 리 없었다.

창준과 케이트는 그날 이후 완전히 연인 관계가 되었다. 하지만 그렇다고 많이 달라진 것은 없었다.

평소처럼 창준에게 하루 업무에 대해서 보고했고, 시간이 맞으면 같이 식사도 했다. 서로 바쁘기 때문인지 특별히 데이트라고 할 만한 것을 한 적은 없었다.

바뀐 것이 있다면 전에는 전화로 하던 보고를 직접 창준의 집에 찾아와서 한다는 것이고, 가끔 창준의 요청에 부끄러워하면서도 그의 무릎에 앉아 보고하기도 했다.

자신의 무릎에서 얼굴이 빨갛게 변하는 케이트를 보면 보고를 듣다가 와락 끌어안고 침실로 데리고 들어갔다.

케이트의 모습이 떠오른 창준은 흐뭇한 미소로 변했다.

'보고 싶다.'

지금 당장이라도 달려가서 케이트를 데리고 회사를 빠져나오고 싶었지만 오늘은 그렇게 할 수 없었다. 이제 곧 국정원에 들어가야 하니 말이다.

그렇게 케이트를 생각하며 창밖을 바라보고 있던 창준은 몇 대의 차가 창준이 있는 건물에 멈추는 것을 보고 눈을 찌푸렸다.

'검은색 밴이네. 저 요원 같은 정장의 사람들은 뭔데? 아예 중요한 물건을 이송할 거라고 광고를 하시지.'

어처구니없다는 표정을 지었지만 이내 얼굴을 풀었다. 어차피 앞으로 안 볼 사람들이라 생각하고 관심을 껐다.

연구실 문을 두드리는 소리에 준비한 물건을 가지고 문을 여니 의외로 익숙한 얼굴이 보였다.

'이름이……?

"신우 씨였나요?"

창준의 말에 문 앞에 있던 신우가 딱딱하게 굳은 얼굴로 고개를 끄덕였다.

"오랜만에 뵙습니다."

"그러네요. 그동안 잘 지내셨어요?"

말은 이렇게 했지만 신우의 모습은 별로 그렇게 보이지 않았다. 이전에 봤을 때보다 얼굴이 반쪽이 되어 있다. 하지만 그의 눈빛은 이전보다 더욱 예리하게 빛나고 있었다.

"별일은 없었습니다. 그보다 가져갈 물품은 모두 준비하셨습니까?"

"네. 제가 들고 있는 것들이에요."

"그럼 가시죠."

신우가 앞장서서 걸어가자 창준이 그를 따라 발걸음을 옮겼다.

밖으로 나오니 신우처럼 검은 정장을 입은 네 명의 요원이 보였다. 그들은 창준을 가운데 두고 사방에서 호위하며 같이 움직였다.

'요란스럽게도 움직이네.'

사실 창준에게 위협이 될 정도가 되면 여기에 있는 요원들은 순식간에 모두 죽어나갈 것이다. 부산에서 그랬던 것처럼.

하지만 창준은 딱히 뭐라고 말하지는 않았다. 어차피 이들도 명령을 받고 움직이는 입장이 아닌가.

건물을 나와 대기하고 있던 검은색 승합차에 탔고, 승합차는 조용히 움직이기 시작했다.

창준을 태운 승합차는 서울로 향하지 않고 경기도 방향으로 빠져나갔다.

"국정원으로 가는 것 아니었나요?"

"아닙니다. 외부에는 알려지지 않은 곳이 있는데, 그곳으로 모셔오라고 들었습니다."

"그렇군요."

그럴 수도 있었다.

창준에게 해독제를 받으면 정말 이것이 효과가 있는지 실험을 해봐야 한다. 그런데 국정원에는 전문 연구 시설이 있는 것이 아니니 따로 준비한 것 같았다.

자세한 내용은 직접 들어봐야 하지만 딱히 창준이 생각한 방향과 다르지 않을 것이다.

그렇게 움직인 지 거의 한 시간가량 지나자 목적지에 도착할 수 있었다.

그들이 도착한 곳은 겉으로 봤을 때는 흔한 중기업의 연구소같이 생겼다. 심지어 입구에는 (주)미성실업이라고 회사 상호까지 적혀 있다.

차에서 내린 창준이 신우와 요원들과 함께 건물 안으로 들어가자 정선이 기다리고 있는 게 보였다.

"어서 오세요."

창준은 정선의 인사에 대답하기보다는 흔한 회사처럼 보이는 건물을 둘러보면서 말했다.

"여기는 국정원의 연구소입니까?"

"맞아요. 겉으로는 드러나지 않은 곳이지만 말이죠."

"근데 이렇게 요원들이 몰려와도 되겠습니까?"

"걱정하지 않아도 됩니다. 어차피 오늘 해독제를 확인하고 폐쇄될 곳이니까요."

이 정도 크기의 연구소를 폐쇄한다니 국정원의 배포가 대단했다.

정선과 함께 지하로 내려가자 한쪽에 엘리베이터가 있다. 그걸 타고 다시 지하로 약 5층 정도 깊이로 내려가자 엘리베이터가 멈췄다.

엘리베이터에서 내리니 의사 가운을 입은 연구원들이 무언가 열심히 연구하는 모습이 보였다.

"여기는 국정원에서 지원하는 비밀 연구소 중 하나예요. 다양한 일을 처리하고 있는 곳인데, 창준 씨가 가져온 해독제가 대단히 중요해서 오늘 이후로 폐쇄하는 거예요."

"굳이 설명해 줄 필요는 없습니다. 내가 여기에 또 올 것도 아니고."

시큰둥하게 대꾸하는 창준의 모습을 정선이 미묘한 눈빛으로 바라보더니 한쪽에 있는 문을 열고 들어갔다.

"허허! 오랜만입니다."

안으로 들어가자 가장 먼저 국정원장이 반갑게 창준을 맞이했다.

하지만 그런 국정원장을 바라보는 창준의 눈길은 정선을 보던 것처럼 감정이 없고 사무적이기만 했다.

약간 뻘쭘해지기는 했으나 국정원장은 겉으로 표현하지 않으며 말했다.

"들고 계신 것들이……."

"말한 해독제와 연구 자료들입니다."

"그렇군요."

국정원장의 손짓에 연구원 두 명이 다가와 창준이 들고 있는 해독제와 연구 자료를 받아갔다.

"그럼 이건 우리가 생산할 수 있는 겁니까?"

"그건 불가능할 것 같군요. 이건 제가 가진 능력을 사용해서 만들 수 있는 것이니까요."

창준의 대답에 국정원장의 얼굴이 살짝 굳었다.

"하지만 재료만 공급해 주신다면 얼마든지 대량생산할 수 있으니 필요한 수량과 재료만 공급해 주시면 됩니다."

"하지만……."

"재료는 단 1그램도 횡령할 생각 없으니 걱정하지 않아도 됩니다. 그런 푼돈을 횡령하느니 차라리 해독제를 안 만드는 게 낫겠죠. 귀찮지도 않고."

냉정한 창준의 말에 국정원장의 얼굴이 조금 당황스러워졌다.

"그런 의미가 아니었습니다. 그저 앞으로 해독제를 혼자 만드시려면 힘드실 텐데……."

"저를 걱정해 줄 필요는 없습니다. 일단 해독제를 테스트해 보시고 효능에 만족하시면 얼마나 필요한지 말씀만 해주시면 됩니다."

여전히 사무적으로 말하는 창준의 목소리는 냉정하게 느껴졌다. 그걸 느낀 국정원장의 눈살도 미미하게 찌푸려졌다.

하지만 그렇다고 국정원장 입장에서 창준에게 똑같이 냉정하게 대할 수는 없었다. 창준은 국정원과 끈이 끊어진다고 하더라도 상관없지만 국정원장에게는 어마어마한 손해니까.

다행이라면 워낙 감정을 숨기는 데 익숙해야 하는 국정원장이라서 찌푸려진 미간을 창준에게 들키기 전에 얼른 폈다는 점이다.

이때 해독제를 받아갔던 연구원이 국정원장에게 다가와 말했다.

"실험 준비가 완료되었습니다."

"알겠네. 준비가 됐다고 하니 같이 가시겠습니까?"

국정원장의 말에 창준은 잠시 고민하다가 고개를 끄덕였다. 자신이 만든 해독제를 어떻게 실험하는지도 궁금했고 할 얘기도 있으니 깊이 고민할 필요는 없었다.

연구원을 따라 이동한 곳은 마치 경찰 취조실처럼 커다란 유리창이 있는 방이었다. 유리창 건너편에는 하얀 보호복을 입은 연구원이 있었다.

유리창은 건너편에서도 보이는 모양이다. 창준과 국정원장이 들어오자 작은 우리를 들어 실험대에 올렸다.

작은 우리 안에는 흔히 동물 실험에 사용되는 기니피그가 들어 있었는데, 기니피그는 어디가 아픈지 비틀거리며 고개를 흔들고 있었다.

—실험 대상은 이번 실험을 위해서 인위적으로 유전자변이 마약을 복용한 상태입니다.

스피커를 통해 연구원의 말이 들려왔다.

—이번에는 해독제를 투약하도록 하겠습니다.

연구원은 해롱거리는 기니피그의 입을 벌리고 창준이 가져온 해독제를 억지로 먹였다.

해독제를 복용한 기니피그는 잠시 아무런 반응을 보이지 않더니 시간이 지날수록 흔들거리던 몸이 진정되어 갔다. 그리고 약 10분 정도 경과했을 때는 언제 해롱거렸냐는 듯 멀쩡한 상태가 되어 주변을 둘러보며 코를 실룩거렸다.

—육안으로 보이는 모습으로는 해독제가 효과적인 것으로 판단됩니다. 하지만 정확한 판단을 위해서 정밀검사가 필요하겠습니다.

아무래도 정밀검사는 시간이 좀 필요했다. 그리고 정밀검사가 끝난다고 하더라도 임상실험 등이 필요한 상황이기는 했다.

하지만 일단 육안으로라도 해독제가 효과가 있음을 확인했으니 상황은 대단히 고무적이었다.

국정원장은 해독제가 제대로 효과를 낼 것이라 생각했다.

이 세상에는 알려지지 않은 이면이 있고, 그 이면에서 힘을 사용하는 창준이 만든 물건이라는 생각에서였다.

물론 그렇다고 임상실험도 없이 무작정 해독제를 넘길수는 없는 노릇이지만 말이다.

얼굴에 감출 수 없는 미소를 가득 띤 국정원장이 크게 웃었다.

"허허허! 대단하십니다! 말씀하신 것처럼 효과가 탁월한해독제를 만드셨군요!"

"실험을 알아서 하시겠고, 제가 드린 해독제라면 저를 미국에서 데리고 오기 위해 양보하셨다는 외교적 사항들을충분히 만회할 수 있겠지요?"

"그건 장담할 수 없지만 적어도 손해를 보는 일은 없을겁니다."

사실 손해를 보더라도 창준과는 전혀 상관이 없는 얘기다. 외부적으로 알지도 못하는 이면계약에 관련된 내용이방송으로 나올 리도 없고, 그런 것들이 한국에서 살아가는 사람들의 삶에 직접적으로 문제를 일으킬 것이라 생각하기는 힘들 테니까 말이다.

"아무튼 이걸로 그럼 제가 국정원에 해줄 수 있는 것들은 끝난 것으로 알겠습니다."

"…네? 그게 무슨 말씀이신지…….'"

"말 그대로입니다. 저를 미국에서 데리고 오기 위해 양보하셨다는 외교적 사항은 제가 만든 해독제를 가지고 상쇄가 가능할 것 아닙니까.'"

"하, 하지만…….'"

"뿐만 아니라 해독제에 대한 가격은 알아서 책정해 판매하실 테니 금전적인 이득도 적지 않을 것이고, 미국만이 아니라 전 세계를 대상으로 하는 것이니 다른 국가에게서도 외교적인 이득은 물론이거니와 금적적인 이득까지 취하도록 만들어 드린 겁니다. 이 정도면 저를 미국에서 데리고 오면서 손해를 보신 것 이상으로 많은 것을 얻을 수 있을 겁니다."

이런 분석은 창준이 내린 것이 아니다. 거의 모두 케이트가 분석해 준 사항을 고스란히 읊은 것뿐이다.

국정원장은 입을 벙긋거리면서도 뭐라고 쉽게 말하지 못했다.

창준이 말한 것처럼 온갖 이득을 얻을 수 있을 테니까 말이다.

하지만 그렇다고 창준과 같은 인재가 국정원의 손을 완전히 떠나는 것을 보고만 있을 수는 없었다.

"아직 해독제가 제대로 효과를 본다는 임상실험이 나온 것이 아닙니다. 그러니 일단 상황을 보고……."

"성능은 확실합니다."

창준은 단언했다. 연금술과 마법진을 통해서 나온 해독제는 제대로 임상실험을 거치지는 않았지만 효과를 발휘할 것이란 걸 확신할 수 있었다.

"그렇지만……."

"만약에 성능에 문제가 있으면 말씀하십시오."

창준의 말에 국정원장의 얼굴이 살짝 일그러졌다.

일단 창준을 잡기 위해서 무작정 성능에 문제가 있다고 한다면 기껏 만든 해독제는 창준이 생산하지 않을 것이다. 그러면 눈앞에 보이는 그 많은 이득을 하나도 취할 수 없다.

그렇다고 성능이 완전하다고 인정해 버리면 리들에너지를 사용할 수 있는 인재이자 유전자 변형 마약 해독제를 만들 정도로 뛰어난 창준을 놓치게 될 것 같았다.

잠시 마음을 가다듬은 국정원장이 입을 열었다.

"이미 저희 국정원에 몸을 담기로 협의한 상황에서 이렇게 일방적으로 결별을 선언하는 걸 저희가 어떻게 받아들여야 할지 모르겠군요."

"저는 국정원에 몸을 담기로 한 적이 없는데요. 분명히 컨설턴트 형식으로 협력하는 외부 인력일 뿐이지요. 원래 한국에서 비정규직은 취업도 쉽지만 자르거나 그만두는 것도 쉬운 것 아니었나요?"

"그러면 국정원과 완전히 연을 끊겠다는 말이십니까?"

"딱히 그렇게 생각할 필요는 없는 것 같은데요. 단지 제가 국정원의 요청에 움직일 필요가 없는 수준이라고 생각해야지요. 저도 나름대로 바쁜 사람이거든요."

"……."

"저도 한국인입니다. 한국에 큰 문제가 생기는 걸 좌시할 정도로 매정한 사람도 아니고요. 만약 제가 가지고 있는 미약한 힘이라도 필요한 일이 생기면 정식으로 부탁하세요. 상황을 봐서 도와드릴 의향은 있습니다. 이번에 있던 일처럼 마약 단속 같은 쓸데없는 일이 아니라면 말이죠."

창준은 선을 분명히 그었다.

한국에 자신의 가족이 사는 이상 국가적인 문제가 생기면 적극적으로 개입할 의향은 분명히 있었다. 창준에게 무엇보다 중요한 사람들이니 말이다.

하지만 소소한 사항까지 창준에게 시키는 건 절대로 받

아들일 생각이 없었다.

뭔가 홀가분한 기분이 된 창준은 한껏 미소를 띠며 말했다.

"그럼 해독제는 실험을 해보시고 재료들과 함께 원하는 수량을 보내주세요. 참, 해독제를 제조하기 위한 공간은 알아서 준비해 주시는 거 잊지 마시고요. 제가 연구하던 연구실은 딱히 해독제만을 위한 연구실이 아니기도 하고… 거기서 많은 물량의 해독제를 제조하기도 힘들거든요. 아무튼 준비되시면 연락 주세요."

국정원장은 방에서 나가는 창준에게 뭐라고 말을 하려는 듯이 입을 벙긋거렸으나 이내 아무런 말도 하지 못했다.

뭐라고 하겠는가?

창준을 구속이라도 하겠는가? 아니면 국정원의 보호 아래 있는 창준의 가족들의 보호를 중단하겠는가? 그것도 아니라면 그의 회사나 삶이 힘들어지도록 수작을 부리겠는가?

전부 불가능했다.

창준을 구속하는 건 일단 능력적으로 힘들었다. 그를 구속하려면 최소한 정선이 나서야 하는데, 창준의 힘을 직접 목격한 신우의 보고와 정선의 의견을 종합해 봤을 때 제압하기 힘들다.

알렉스를 죽인 건 정선이기는 하나 창준에게 알렉스가 집중하고 있는 상황이 아니었다면 힘들었을 것이고, 무엇보다 정선은 암살에 특화된 능력이지 제압에 특화된 능력이 아니었다.

창준의 가족을 보호하던 것을 멈춘다는 것도 애매했다. 국정원이 손을 뗀다면 창준이 어디에 연락을 할지 뻔했다.

아마도 영국에서는 창준의 요청을 받아들이고 서서히 영국으로 이민을 제안할지도 몰랐다. 그러면 완전히 눈뜨고 창준을 빼앗기는 결과만 낳을 뿐이다.

창준의 회사는 이미 영국의 국적을 가지고 있고 그의 삶이 힘들어지도록 만들기에는 이미 그가 가진 재산이 너무 많았다.

이미 최소한 자손 3대가 먹고살 만한 수준이었다.

해독제를 만드는 능력과 세계적으로 돌풍을 일으키는 세탁기를 만드는 기술력을 봤을 때, 창준은 앞으로도 어마어마한 돈을 벌어들일 것이다.

솔직히 답이 없었다.

'미치겠군.'

무려 국정원장이다. 한국 내에서라면 권력의 핵심 중의 핵심이나 다름없는 국정원장인 자신이 일개 시민 하나를 어떻게 컨트롤할 수 없어서 머리가 아프다니. 지금의 상황이 어처구니가 없었다.

CHAPTER
05

회식

ALCHEMIST

미성실업이라고 위장하고 있는 국정원 연구소를 나온 창
준은 방금 국정원장과 한바탕 하고 나왔으면서도 태연하게
요원을 붙잡고 차를 태워달라고 했다.

창준이 아는 사람이라고는 신우밖에 없었기 때문에 요청
한 사람은 당연히 신우였다.

신우는 창준이 데려다 달라고 했다고 마음대로 움직일
사람은 아니었기에 잠시 망설였지만 국정원장의 허가가 떨
어졌다는 말에 창준을 차에 태워 서울로 향했다.

"어디로 갈까요?"

신우의 물음에 창준은 손목의 시계를 확인하면서 말했다.

"여의도로 가주세요. 제가 운영하는 회사가 있는데 알케미라고 아시죠? 거기로 가주시면 됩니다."

창준에 대해서는 기본적인 정보를 접한 신우였기에 당연히 알케미에 대해서도 알고 있었다.

서울로 올라가는 차는 조용했다. 운전을 하는 신우도, 뒷자리에 앉아 있는 창준도 딱히 입을 열지 않았기 때문이다.

조용히 움직이던 차 안에서 가장 먼저 입을 연 건 운전을 하는 신우였다.

"물어볼 것이 있습니다."

"뭔데요?"

"…그때 그것… 대체 뭐였습니까?"

신우가 말한 그것이 무엇을 말하는지 짐작은 되었다. 하지만 그렇다고 바로 대답하지는 않았다.

부산에서 있던 일 이후 창준은 알렉스의 정체에 대해서 국정원에 말하지 않았다.

어차피 마나를 리들에너지라 부르는 수준의 한국이다. 호문클루스에 대해서 말해봤자 도움이 될 것 같지도 않았고, 이제 믿을 수 없는 집단이 되어버린 국정원에 대해 약간의 복수를 하는 것 같은 기분이 들었기 때문이다.

창준은 운전하는 신우의 뒷모습을 바라보다가 물었다.

"그걸 왜 물어보시는 거죠?"

"…적어도 그걸 모두 겪은 저는 들을 자격이 있다고 생각합니다."

신우의 대답에 창준은 고개를 끄덕였다. 하지만 그가 단지 궁금해서 묻는 것은 아니라는 생각이 들었다. 아마도 그때 목숨을 잃은 재철의 복수를 하고 싶었을 것이라 짐작했다.

잠시 고민하던 창준은 어깨를 으쓱하고 대답했다.

"말해주는 건 어려운 일이 아닙니다. 부산에서 본 그것은 짐작하겠지만 사람이 아니었습니다. 호문클루스라고 하는 존재이지요."

"호문클… 루스? 그게 뭡니까?"

"간단히 설명하면 세상에 존재하는 여러 가지 유기 생명체와 특수한 방법을 이용해서 만든 새로운 유기 생명체… 라고 할 수 있겠군요."

"…유전자 공학의 산물이라는 말입니까?"

마법에 대해서 모르는 신우가 생각할 수 있는 최대치가 이 정도였다. 그리고 이건 크게 다른 것도 아니었다. 어차피 호문클루스의 정의는 새로운 생명체를 인위적으로 만드는 것이니까 말이다.

단지 다른 점이라면 흑마법사의 권능으로 태어난 호문클루스라는 것과 인간이 아니기 때문인지 막대한 재생력을 가지고 있다는 것뿐.

"그러면 그 호문클루스는 누가 만든 겁니까?"

창준은 질문을 하는 신우의 눈을 백미러를 통해 바라보았다. 지금 신우의 눈은 시퍼런 살기가 넘실거리고 있었다.

"저도 몰라요. 하지만 하나는 말씀드릴 수 있어요."

"그게 뭡니까?"

"쓸데없는 짓 하지 말고 지금까지 살아온 것처럼 살아가라는 겁니다."

신우의 얼굴이 살짝 일그러졌다. 하지만 얘기를 해줘야 했다. 그가 하려는 것이 얼마나 무모한 짓인지를.

"세상의 이면을 들여다봤다는 것으로 만족하세요. 당신의 능력으로는 호문클루스를 만든 놈들의 털끝 하나 건드릴 수 없으니까요. 이미 한 번 봤잖아요."

"……."

"재철이라고 했나요? 그분이 말씀하셨듯이 아기가 있고 책임질 사람이 있으면 함부로 세상의 이면에 발을 딛지 않는 것이 좋을 겁니다."

대화는 이게 끝이었다.

여의도까지 가는 동안 신우는 어떠한 말도 하지 않았고, 창준 역시 아무 말도 하지 않았다.

알케미 앞에 도착한 창준이 차에서 내리자 신우가 창문을 내리고 그를 바라봤다. 딱히 위협적이거나 무언가를 바라는 눈은 아니었다. 어떤 의지가 담긴 눈이었다.

그리고 신우는 서서히 차를 움직여 떠났다.

'이거… 좀 위험한데?'

아무래도 신우의 분위기가 심상치 않았다. 분명 더 이상 접근하지 말라고 했는데 그의 말을 따를 것 같지가 않았다.

고개를 살짝 흔든 창준은 신우에 대한 것을 털어버렸다. 그렇다고 창준이 그를 위해서 어떻게 할 수 있는 것은 없었으니까.

부담이 되었던 일이 일단락되었다는 생각만 하기로 한 창준은 가벼운 발걸음으로 엘리베이터로 향했다.

오늘은 직장인들이 가장 지겨워한다는 수요일이다.

지금은 오후 5시였기에 근무를 하는 사람들은 정규 근무 시간이 끝나는 6시만을 손꼽아 기다리고 있을 것이다.

창준의 회사 알케미는 기본적으로 칼퇴근을 장려했다. 하지만 피치 못할 사정으로 야근을 해야 될 경우에는 대기업 이상으로 추가 수당을 줬다.

그러다 보니 사정이 생겨 야근을 하더라도 딱히 불만이 나오지는 않았다.

창준이 회사로 들어가자 입구와 가장 가까운 자리에 앉아 있던 여직원이 그를 보고 놀란 얼굴로 벌떡 일어났다.

"사, 사장님!"

평소 회사에 거의 얼굴을 비치지 않던 창준이다. 어차피 경영에 대해서는 케이트가 알아서 하고 있었으니 번거롭게 회사에 나올 필요가 없었다.

직원들은 창준이 사내 비밀 연구소에서 기술을 개발하고 있다고 알고 있었다.

누구도 이런 식으로 말한 적은 없지만 워낙 대단한 세탁기 기술이 뜬금없이 튀어나오고 정작 사장은 회사에 얼굴을 비치지 않으니 이런 소문이 난 것이다.

물론 틀린 말도 아니었다. 사실상 클린-1의 핵심 기술은 창준이 만든 건 사실이니 말이다.

아무튼 여직원의 외침에 사무실에 있던 직원들의 시선이 창준에게 집중되었다.

창준은 직원들이 일어나며 인사하려는 것을 보고 손을 저었다. 굳이 인사를 할 필요가 없다는 의미였다.

사무실로 들어온 창준은 곧장 케이트의 사무실로 향했

다.

문을 열기 전에 창문으로 확인하니 케이트는 덕현과 함께 서류를 보며 회의를 하고 있다.

회의가 끝날 때까지 기다릴 생각이 없는 창준은 문을 열고 들어갔다.

"어! 창준아!"

문을 여는 소리를 들은 덕현이 창준을 보고 살짝 놀라며 일어섰다.

"연락도 없이 어쩐 일이야?"

이 회사가 창준의 소유지만 실상 창준이 사무실을 방문한 적은 그리 많지 않았다. 특히 근래에는 마법을 수련한다고 얼굴 한번 비추지 않았다. 그러니 덕현의 반응도 이해할 수 있었다.

"후후, 사장이 회사에 나오면서 연락까지 할 필요는 없잖아?"

"출근이나 자주 하면서 그렇게 말해라."

웃으며 인사를 나눈 창준은 케이트에게 물었다.

"오늘 회사 많이 바빠요?"

"회사는 항상 바쁩니다."

바보 같은 질문이었다. 회사가 바쁘지 않으면 망해간다는 말이다. 특히 알케미의 경우는 전 세계적으로 돌풍을 일으키고 있는 클린―1 때문에 엄청나게 바빴다.

하지만 창준은 케이트의 말에 히죽 웃으며 말했다.

"그럼 오늘 하루는 좀 빨리 퇴근하도록 하죠."

"…네?"

설득력 제로에 가까운 창준의 말에 덕현은 물론이고 케이트마저 어처구니없다는 표정이 되었다.

창준은 멍하니 자신을 바라보는 두 사람을 두고 사무실 밖으로 나가며 소리쳤다.

"오늘은 여기까지 근무하고 밥이나 먹으러 갑시다! 특별한 사정이 있는 사람은 얼른 업무 종료하고 퇴근하시고요!"

그 말에 처음에는 무슨 소린가 하고 있던 직원들이 이내 환호성을 내질렀다.

회사에 얼굴을 내밀던 내밀지 않던 창준이 이 회사의 사장인 건 다들 알고 있었다.

사장이 퇴근하든지 밥을, 정확하게는 회식을 하자는데 거부할 이유가 없었다.

특히 창준이 직접 지시한 회식은 쉽게 먹을 수 없는 비싼 음식인 경우가 대부분이었고, 술을 강권하거나 끝까지 자리에 남도록 붙잡지도 않았다.

갑작스런 창준의 외침에 당황한 사람은 덕현과 케이트뿐

이었다.

"야! 그렇게 마음대로 일을 끝내면 어떡해?"

덕현의 외침에도 창준은 태연한 모습이었다.

"괜찮아. 그래봤자 한 시간 빨리 끝날 뿐이잖아. 설마 한 시간 빨리 끝낸다고 회사 망하거나 그런 건 아니지?"

"그, 그거야 그렇지만… 그래도 이렇게 갑자기……."

"케이트, 어때요? 한 시간 일찍 끝난다고 우리 회사 망해요?"

창준의 말에 케이트는 작게 한숨을 내쉬었다.

"안 망해요."

"그럼 됐네요. 어디로 회식을 갈 건지만 정하면 되겠네. 너라면 회식할 때 뭘 먹는 걸 좋아해?"

덕현은 창준이 자신을 보며 묻자 본능적으로 엉겁결에 말했다.

"소고… 기?"

"오케이! 그럼 소고기 먹으러 갑시다! 출발!"

"헉!"

덕현은 자신의 말에 앞장서서 먼저 걸어가는 창준을 보고 애매하게 손을 뻗었다. 멍하니 창준을 바라보던 덕현은 뒤통수에서 느껴지는 시선에 고개를 돌려보니 케이트가 묘한 눈으로 자신을 보고 있다.

"소고기를 먹고 싶다고요?"

"아… 그게… 그냥 무의식적으로……."

덕현은 조금 억울했다. 정말 뜬금없는 창준의 말에 의식하지도 못한 상황에서 요즘 먹고 싶던 소고기가 입 밖으로 툭 튀어나왔을 뿐이다.

케이트는 당황해서 말을 하지 못하고 있는 덕현을 보고 작게 한숨을 내쉬고는 휴대폰으로 전화를 걸었다. 창준이 가려고 하는 소고기 집이 어디인지 뻔하니 예약하려는 것이다.

*   *   *

"지금까지 대단히 수고가 많았습니다. 하지만 이제 우리는 첫발을 내디뎠을 뿐입니다. 앞으로 영국을 벗어나 유럽은 물론이고 미국, 아시아까지 모두 우리가 만든 클린—1이 세탁기 시장을 선도하게 될 겁니다. 또한 개발 마무리 단계를 거치고 있는 클린—2 역시 좋은 성과를……."

덕현은 소주잔을 들고 자신을 바라보고 있는 직원들을 향해 일장연설을 했다.

원래 이런 역할은 사장인 창준이나 회사를 경영하는 케이트가 해야 하는 부분이지만, 두 사람은 굳이 사람들 앞에 나서는 걸 좋아하지 않으니 덕현이 나설 수밖에 없었다.

"제가 세계를 하고 외치면 제패하자라고 외치면 됩니다. 자! 세계를!"

"제패하자!"

"제패하자!"

덕현의 선창에 직원들이 웃는 얼굴로 후창을 하고는 모두 술잔을 비웠다.

사람 앞에 나서는 걸 별로 좋아하지 않는 창준과 다르게 덕현은 이런 자리를 꽤나 기꺼워했다. 그리고 직장 생활을 해봐서 그런지 제법 말도 잘했다.

덕현의 입장에서는 자신의 나이에 회사 중추를 담당하고 있으니 지금 하루하루가 꿈은 아닌가 하는 생각이 들고는 했다. 그래서 이렇게 사람들 앞에 나서서 직접 끌고 나간다는 느낌이 대단히 좋았다.

창준은 한껏 웃으며 직원들 하나하나와 술잔을 나누고 다니는 덕현의 모습이 꽤 보기 좋았다. 마치 전생에 갚지 못한 것들을 갚는 느낌이다.

웃으며 회식하는 모습을 바라보던 창준은 앞에서 느껴지는 시선에 고개를 돌렸다. 그의 맞은편에 앉아 있는 케이트가 자신을 빤히 바라보고 있다.

"왜요? 왜 그런 눈으로 봐요?"

"무슨 일인지 궁금해서 그렇습니다. 이렇게 갑자기 찾아와서 무리하게 직원들을 모두 끌고 나와 회식을 하는 일은 보기 드문 일이니까요."

정확하게는 창준이 참여하는 회식 자체가 거의 없었다.

창준은 피식 웃으며 잘 구워진 소고기를 케이트의 앞으로 옮기며 말했다.

"별일은 아니고요, 국정원과 공조하던 일이 끝났고 이제 굳이 그들에게 맞춰서 움직여야 할 일이 없어졌다는 것뿐이에요."

케이트의 얼굴에 작은 놀람이 서렸다.

"그러면 만드신다는 해독제를 다 만드셨다는 건가요?"

"네, 완성해서 건네주고 바로 이쪽으로 온 거예요."

현재 창준에 대해서는 거의 모든 것을 알고 있는 케이트였다.

창준의 비서로 일할 때도 거의 모든 것을 알고 있기는 했지만, 이제 연인 관계가 된 상황이 되니 말하지 않던 것들까지 모두 알려줬다.

아직까지 숨기고 있는 건 오직 일리미트 비블리어시카뿐이었다.

창준은 케이트를 바라보며 한껏 미소를 지었다.

"사실 케이트하고 단둘이 멋진 곳에 가서 밥도 먹고 데이트도 하고 싶었는데 고생하는 직원들에게 선심 쓴다는 생각으로 회식한 거예요. 오늘 회식을 했으니 다음부터는 케이트하고만 데이트할 거니 알아둬요."

대놓고 말하는 창준의 말에 케이트의 얼굴이 붉게 물들었다. 하지만 그것도 잠시일 뿐, 다시 원래 얼굴로 돌아온 케이트가 조금 심각한 어조로 말했다.

"앞으로도 국정원은 어떻게든 알스와 관계를 유지하기 위해서 노력할 겁니다."

"아마도 그러겠죠. 그냥 놔두기에는 내가 가진 능력이 꽤 많이 유용하다는 걸 눈치챘을 테니까요."

"한국도 미국처럼 국가에서 가하는 압박은 대단히 힘들다고 알고 있는데… 조금 걱정이 되는 것이 사실입니다."

"그렇다고 어떻게 하겠어요? 실질적으로 나를 압박할 수단이 변변치 않는데 말이죠. 여차하면 영국으로 피신할 수도 있어요. 아마 영국 쪽에서는 쌍수를 들고 환영할걸요?"

당연한 얘기였다. 창준이 가지고 있는 마법진에 대한 지식만 하더라도 영국에서는 어떤 조건이든 수용하면서 그를 품에 안으려고 할 것이다.

물론 이건 최악의 상황이 왔을 때의 얘기다. 당장은 전혀 고려하고 있지도 않았다.

만약 창준이 영국으로 간다면 자연히 어머니와 은미까지 영국으로 데리고 간다는 결론이 나온다. 하지만 이역만리로 떠나서 익숙하지 않은 영어를 사용하며 산다는 건 최소한 어머니에게는 많이 힘들 것이 뻔했다.

가장 좋은 상황은 국정원이 창준의 기분을 거스르지 않으면서 위급한 상황에 도움을 요청하는 수준이 최고였다. 물론 그 도움마저 창준이 거절할 수 있기는 하지만 말이다.

이런 얘기를 하고 있을 때, 직원들과 술을 마시던 덕현이 제법 술을 마셨는지 벌겋게 달아오른 얼굴로 다가와 창준의 옆에 털썩 앉았다.

"창준아."

"왜?"

"고마워."

덕현의 말에 창준이 피식 웃었다.

평범한 회사원으로 일하고 있어야 할 덕현이다. 그런데 그런 자신을 데려다가 회사의 요직에 앉혀줬다. 그것도 앞으로 대기업이 될 가능성이 다분한 알짜배기 회사로 말이다.

다행이라면 케이트가 준비한 교육과정에서 의외로 관리직이 적성에 맞는 것인지 일을 하면서 호의적인 평가를 많이 받았다.

과거에는 미래를 그려보면 1년 뒤가 보이지 않았는데, 이제는 10년 뒤를 그려보는 일이 꽤나 즐거운 덕현이다.

"내가 어떻게든 보상을 해주고 싶은데 뭔가 해줄 능력이 없네."

"야야, 해주긴 뭘 해주냐? 그냥 회사에서 열심히 일만 하면 된다. 어차피 네가 열심히 일하면 회사가 잘될 것이고, 회사가 잘되면 내가 돈 버는 거잖아."

"그거야 당연한 얘기고. 음, 좋아. 그러면 내가 여자를 소개시켜 줄게. 그것도 무제한으로 여자 친구가 생길 때까지. 아니, 결혼할 때까지 무제한으로 말이야. 그거면 좋지? 응? 으하하하!"

창준은 덕현의 말에 슬그머니 케이트를 바라봤다. 케이트는 젓가락으로 괜스레 접시에 담긴 샐러드를 뒤적거리고 있었는데, 은근히 덕현을 노려보는 눈초리가 심상치 않았다.

"나 여자 친구 있어."

하지만 창준의 말에 그녀의 눈초리가 다시 부드럽게 변했다.

"뭐? 여자 친구가 있다고? 거짓말! 너 그런 말한 적 없잖아! 누군데? 사람 보는 눈이 없는 네가 어떤 여자를 찾았는지 내가 봐야겠어!"

"그러니까……."

"요즘 여자들 무서워. 네가 돈이 많아서 이상한 꽃뱀 같은 여자가 들러붙을 수 있다고. 그러니까 이 형님이 한번 보고 판단해 줄게."

흔히 남자들이 술을 과하게 먹으면 장난으로 쉽게 하는 말이기는 했다.

하지만 덕현의 말이 길어질수록 케이트의 눈빛이 서늘하게 변하고 그녀 앞에 있는 샐러드는 못 먹을 정도로 부서지고 있었다.

창준은 케이트가 젓가락으로 샐러드를 부수는 걸 웃음이 가득한 눈으로 보면서 덕현에게 말했다.

"지금 보고 있잖아."

"응? 그게 무슨……?"

이해하지 못하겠다는 듯이 말하던 덕현의 얼굴이 점점 굳어져 갔다. 슬슬 올라오던 취기가 순식간에 혹 사라지는 느낌이다.

"서, 설마……?"

"어때? 케이트가 꽃뱀 같아?"

"으헉!"

쐐기를 박는 듯한 창준의 말에 덕현이 화들짝 놀랐다. 그러고 보니 아까부터 케이트의 반응이 심상치 않아 보이긴 했다.

"케, 케이트 부사장님, 지, 진짜입니까?"

"……"

덕현이 믿을 수 없다는 얼굴로 조심스럽게 물었다. 그러자 케이트는 대답하는 대신 살짝 홍조를 띤 얼굴로 고개를 돌려 시선을 피하며 물을 마셨다. 대답하지는 않았지만 누가 보더라도 긍정의 의미였다.

"헐!"

덕현은 황당하다는 눈으로 케이트와 키득거리고 있는 창준을 번갈아가며 바라봤다.

아주 객관적으로 봐도 케이트는 대단히 매력적인 여성이다. 외모는 말할 것도 없다. 어지간한 미모를 가진 연예인도 감히 비교할 수 없을 정도로 아름다웠으니 말이다.

거기다가 능력은 지금까지 본 능력자라고 하는 사람들보다도 뛰어났으며 감정을 겉으로 많이 보이지 않을 뿐이지 성격도 순하고 착했다.

이렇게 완벽하다고 할 수 있는 여성이 창준과 사귀고 있다는 말은 덕현에게 꽤 충격적이었다.

"아니, 대체 왜 이런 놈과 사귀는 겁니까?"

"야야!"

"내가 틀린 말한 건 아니잖아. 네가 잘생기기를 했냐, 아니면 착하기를 하냐?"

"내가 착하지 그럼 못됐냐?"

친한 친구만이 할 수 있는 농담에 창준이 웃으며 반박했다. 두 사람이 티격태격하는 모습을 지켜보던 케이트가 조용히 입을 열었다.

"알스는 대단히 매력적인 남성입니다."

"…네?"

"제가 오히려 알스와 이런 관계를 갖는 것도 미안할 정도로 과분한 상대지요."

"아, 네……."

케이트의 얼굴에는 진지함만이 가득했다. 지금 그녀가 말한 것이 본심이라는 걸 확인하지 않아도 느낄 수 있었다.

창준은 케이트의 말에 흐뭇한 웃음을 띠고 있었다.

'이런 부러운 자식.'

덕현은 창준이 진심으로 부러웠다.

딱히 창준이 돈이 많다든가, 그가 만든 회사가 전 세계적으로 유명해지고 대기업이 될 것이라는 건 별로 부럽지 않았다.

하지만 케이트와 같은 미인과 사귀고 있다니 대단히 부러웠다.

헤드록을 걸듯이 창준의 목을 부여잡은 덕현이 힘껏 창준의 목을 졸랐다.

"으엑! 아프다, 아퍼!"

"넌 좀 아파도 돼! 이 부러운 자식!"

한참 창준과 드잡이를 하던 덕현은 직원들과 술이나 마시며 부러움을 풀겠다고 하곤 다른 테이블로 갔다.

케이트는 그런 덕현을 보면서 웃고 있는 창준에게 물었다.

"최 이사를 상당히 아끼시는 것 같습니다."

"친구니까요."

간단하면서 설득력이 높은 말이다. 하지만 케이트가 살면서 친구를 이 정도로 믿는 경우는 쉽게 볼 수 없었다.

덕현은 하버드와 같은 명문대를 나온 것도 아니고, 이전 직장에서 훌륭한 성과를 거둔 사람도 아니며, 특출한 무언가가 있는 것도 아니다. 아무리 친구라고 하더라도 이유도 없이 이사와 같은 높은 자리를 주는 건 거의 불가능한 일이다.

케이트는 이런 의문을 숨기기 않았다.

"그렇다고 하더라도 쉽게 볼 수 없을 정도입니다."

"음, 케이트의 말이 틀리지는 않은데, 덕현이는 정말 믿을 만한 녀석이거든요."

아마 창준도 미리 경험해 보지 않았다면 덕현을 이렇게 믿지 않았을 것이다.

자신이 가장 힘들 때, 남들이 모두 외면하는 그 순간에 창준을 믿어주고 도와준 유일한 사람이 덕현이다. 그러니 이번 인생에서는 창준에게 그런 힘든 순간이 오지 않았다고 하더라도 유일하게 믿는 친구라고 말할 수 있는 것이다.

이것에 대해서 설명할 수는 없었다.

물론 케이트의 입장에서는 창준이 믿을 수 없는 능력을 갖고 있기 때문에 과거로 거슬러 왔다, 사실 나는 한 번 죽었다고 말해도 믿을지 모른다.

그러나 그렇게까지 말할 필요는 없기 때문에 굳이 말하지는 않았다. 그때 창준의 전화가 울렸다. 전화기 액정에 올리비아라고 떠 있다.

'마침 국정원 일이 끝나니 어떻게 알고 전화가 왔네.'

창준이 전화가 울리는 것을 보고도 받지 않자 케이트가 그의 휴대폰을 보고 물었다.

"전화… 안 받을 겁니까?"

"받아야죠."

잠시 생각을 정리했을 뿐이다.

창준은 영국을 많이 믿지는 않지만 올리비아는 꽤나 믿고 있었다. 그가 미국에 갇혀 있을 때 그래도 방법을 생각해서 도와주려 한 사람이 올리비아가 아닌가.

"전화받았습니다."

―오랜만이군요. 그동안 잘 지내셨나요?

"덕분에 잘 지내기는 했습니다. 무슨 일이라도 있습니까?"

―연락이 올 때가 지난 것 같은데 연락이 없어서 먼저 전화했어요.

창준은 올리비아의 얘기를 듣고서야 문득 그녀가 영국으로 오는 것에 대해서 물은 것이 기억났다. 요즘 국정원과의 관계를 청산하기 위해서 연구에만 몰두해 잠시 잊어먹고 있었다.

"미안합니다. 급하게 처리할 일이 있어서 미처 생각을 못하고 있었군요."

―흐음, 조금 섭섭하기는 하지만 그렇다니 어쩔 수 없지요. 그러면 영국을 방문하는 일은 어떻게 할 생각인가요?

이렇게 방문을 요청하는데 굳이 거절할 이유는 없었다. 그리고 그가 한국을 떠나 영국으로 가는 것이 국정원에 묘한 압박을 주기도 할 것이란 생각도 들었다.

"나쁘지는 않을 것 같군요. 어차피 영국에 있는 공장이나 여타 몇몇 일을 처리하기 위해서라도 한 번은 방문해야 하니까요."

─정말요? 그럼 언제쯤 방문할 생각이신지…….

올리비아가 반색하는 목소리로 물었다.

"일단 여기서 정리할 것도 있고, 그쪽에 가면 처리할 부분에 대해서 준비할 것들이 있으니 시간은 좀 걸리겠군요. 하지만 오래 걸리지는 않을 겁니다."

─알겠어요. 그럼 일정이 정해지는 대로 연락해 주면 고맙겠군요.

"그건 걱정하지 않아도 됩니다. 간다고 했으니 당연히 얘기를 하고 출발해야지요."

─기다리고 있겠어요.

전화를 끊자 케이트가 기다렸다는 듯이 물었다.

"영국으로의 출장입니까?"

"아무래도 가봐야 할 것 같네요. 앞으로 그쪽과 공조해서 처리해야 할 부분도 있고, 대가성이기는 하지만 지금까지 성심껏 도와줬으니 거절할 수는 없죠."

"네, 그렇군요."

케이트의 분위기가 조금 이상했다.

"왜요? 걱정되는 것이 있나요?"

"…그런 건 아닙니다."

케이트는 창준이 영국으로 가는 것에 대해서 불안했다. 그건 그가 미국에서 있던 것처럼 문제가 생길까 봐 걱정하는 마음은 아니었다.

'영국에 가면… 미스 브리스톨과 같이 다니시겠지?'

올리비아는 아름답다.

그것도 그냥 아름답다고 말하면 뭔가 부족하다고 느낄 정도로 대단히 아름다웠고, 다른 여자들이 갖고 있지 못하는 어떤 아우라까지 갖추고 있었다.

어떤 남자라도 환상을 갖게 만들 수 있는 올리비아와 창준이 함께 있을 것이라는 사실 하나만으로도 불편해졌다. 이건 창준을 믿느냐 아니냐의 문제가 아니었다.

창준은 케이트가 분명히 무언가 불편하게 느끼는 것이 있다는 걸 알았다. 하지만 그것이 무엇인지 짐작하지는 못했다.

'때가 되면 말해주겠지.'

"그래서 케이트의 일정은 어때요?"

"…네? 제 스케줄은 왜……."

"응? 그게 무슨 말이에요? 당연히 같이 가야죠. 영국에서 처리해야 될 일들이 있잖아요. 공장 부지 선정 등등."

당연한 말을 왜 하느냐는 창준의 반응에 케이트의 얼굴

에 미약하게 깔려 있던 이상한 기운이 순식간에 사라졌다.

그걸 느낀 창준은 한껏 미소를 지었다.

"뭐예요? 설마 내가 혼자 갈까 봐 기분이 별로 좋지 않았던 거예요?"

설마 케이트가 올리비아를 의식하고 있다는 건 생각도 못하는 창준이다.

그럴 수밖에 없는 게 올리비아를 처음 만나는 것도 아니고 무엇보다 케이트 역시 올리비아에 비해 전혀 뒤떨어지는 미모가 아니기 때문이다.

"그런 것 아닙니다."

"나도 당신과 오랫 동안 헤어지기 싫어요."

"그런 것 아니라고 했습니다."

"뭐 그렇다고 해두죠."

창준은 키득거리며 말했다.

참 좋았다.

이전에 소영과 사귈 때는 솔직히 사귄다고 말하기도 힘들었다. 이런 달달한 감정도 느낄 수 없었다. 그저 창준은 소영의 기분을 맞춰주고 필요한 것을 사주는 호구에 불과했다.

하지만 이렇게 누군가가 자신을 생각하고 같이 있고 싶

어 한다고 느낀다니, 차오르는 뿌듯함에 가슴이 벅찰 정도였다.

두 사람의 닭살 돋는 연애질은 조금 더 이어졌다.

CHAPTER
06

주강

ALCHEMIST

당연한 얘기지만 창준은 딱히 스케줄이 없었다.

어떤 회사라도 사장에게 유능한 직원이 있다면 스케줄에 여유 있다. 하지만 창준 정도로 여유가 있지는 않았다. 최소한 사장이 결재해야 하는 일들이 있기 때문이다.

물론 창준도 결재를 한다. 단지 케이트가 한 번 검토해서 넘어오는 것들이라 자세히 보지도 않고 승인해 줄 뿐이다.

다른 회사라면 아무리 믿음직스러운 직원이 결재 서류를 넘긴다고 하더라도 검토를 해볼 테지만, 창준은 전혀 그런 것이 없었다. 그건 창준이 작정하고 결재 서류를 검토한다고 해봤자 그걸 분석할 능력이 없기 때문이기도 했다.

아무튼 창준은 케이트에게 영국으로 가는 것에 대해서 얘기를 하고 아무런 스케줄이 없으니 마법 수련을 하고 있었다.

대신 케이트는 바빴다. 그것도 많이.

기존에 생산하고 있던 클린-1에 대한 추가 공장 부지 선정 및 공장 라인에 대한 결재 서류를 만드는 일도 있었고, 예정되어 있는 포션 제조에 대해서도 공장을 영국에서 선정할 것인지 고민하고 회의를 해야 하는 등 수많은 일이 쌓여 있었다.

그러다 보니 창준과 케이트는 정작 영국으로 출발을 하기 직전까지 서로 얼굴조차 거의 보지 못했다.

떠나는 날이 되어서야 제대로 얼굴을 맞댄 창준이 케이트의 피곤한 얼굴을 보며 물었다.

"많이 힘들었죠? 얼굴이 피곤해 보여요."

하지만 창준의 말에 케이트는 피곤한 기색을 얼른 지웠다.

"괜찮습니다."

"별로 괜찮은 얼굴이 아닌데요."

"버틸 만합니다."

'자신이 피곤하다는 걸 왜 숨기려고 하는 건지……'

창준은 빠른 시일 안으로 업무를 대행할 사장을 찾아야겠다고 생각했다.

뭐가 어떻게 되었든 창준과 케이트를 태운 비행기는 서서히 인천공항을 출발해 영국으로 향하기 시작했다.

당연한 얘기지만 창준과 케이트는 퍼스트 클래스에 타고 있었다.

미국 라스베이거스를 가면서 한 번 타봤기 때문에 스튜어디스가 해주는 퍼스트 클래스의 고급스러운 대접은 놀라지 않았다.

하지만 케이트와 둘이서 비행기를 타본 일이 없었고 이제는 두 사람이 연인 관계로 발전했기에 창준은 묘한 설렘을 안고 있었다.

'꼭 신혼여행 가는 기분이네.'

그런 것치고는 케이트의 무표정한 얼굴이 분위기를 깨기는 했지만 말이다.

아무리 피곤하지 않다고 했지만 창준이 봤을 때는 그렇지 않았기 때문에 일부러 대화도 줄이고 그녀가 잘 수 있도록 배려해 줬다.

대화를 멈추고 얼마 지나지 않아 케이트는 조용히 잠에 빠져들었다. 겨우 5분 정도밖에 지나지 않았는데 이렇게 기절하듯이 잠든 것을 보면 무척 피곤했다는 건 확실했다.

'같이 영국에 가려고 무리해서 일을 처리한 건 아닐까?'

만약 일부로 무리했던 거라면 조금 감동이었다. 그와 함께 움직이기 위해 이렇게 기절할 정도로 일을 했다는 사실이 창준에게는 무척 귀여워 보였다.

아무튼 케이트가 잠에 빠져든 이후 딱히 할 일이 없던 창준은 신문을 보다가 그 역시 잠을 청하기 시작했다.

한참 잠을 자던 창준은 문득 어떤 시선을 느끼고 눈을 떴다. 그러자 그의 앞에 40대 초반으로 보이는 말끔한 정장을 입은 동양인 남자 하나가 그를 바라보고 서 있는 게 보였다.

누군가 자신을 보고 있을 것이라 생각하지 못한 창준은 화들짝 놀라 눈을 크게 떴다. 너무 놀라 잠기운마저 순식간에 사라져 버렸다.

이제 6서클로 올라서면서 창준의 신체적인 능력치도 대폭 상승했다. 그에 따라 이목도 예민해져 어지간한 소리나 인기척을 놓치는 일이 거의 없었다.

그런데 아무리 자고 있었다고 하지만 이렇게 바로 앞에서 빤히 쳐다보고 있는 걸 느끼지 못했다니 놀람과 더불어 눈앞의 남자가 범상치 않은 사람이라는 걸 깨달았다.

"누구십니까?"

창준의 말에 남자가 가볍게 웃으며 말했다.

"내가 놀라게 한 모양이군. 나는 한국어 발음으로 하면 주강이라고 하네."

"…한국인이 아닙니까?"

유창하게 한국어로 말했기 때문에 당연히 한국인이라고 생각했다. 하지만 한국어 발음이라고 말하는 걸 봐서는 아닌 것 같았다.

"나는 중국에서 왔지. 정확히 말하면 중화인민공화국 국가안전부에서 왔다네."

국가안전부가 어떤 곳인지는 자세히 모른다. 그저 한국의 국정원과 같은 곳일 것이라 예상할 뿐이다.

그런데 왜 중국 국가안전부 사람이 자신을 찾아왔는지 전혀 예상이 되지 않았다. 지금까지 중국과는 엮인 적이 없는데 말이다.

창준은 슬쩍 주위를 둘러봤다.

퍼스트 클래스에 타고 있는 사람들 모두가 죽은 듯이 자고 있다. 심지어 스튜어디스마저도 자신의 자리에 조용히 앉아 있다.

"모두 자고 있네. 자네와 잠시 얘기를 하고 싶은데 방해

받고 싶지 않아서 말이야."

창준은 주강이 그렇게 말을 했음에도 옆에 있는 케이트의 코에 손을 대고 확인해 봤다.

"의심이 많구만."

"지금 제 상황이라면 누구라도 그럴 것 같습니다. 거기다가 방금 만난 사람의 말에 얼마나 신뢰가 가겠습니까?"

"그런가? 하긴 자네 말이 틀린 것은 아니지."

주강은 창준의 말에 순순히 동의했다.

케이트가 잠을 자고 있을 뿐이라는 걸 확인한 창준은 자세를 편히 고쳐 앉았다.

"지금 저를 찾아온 방식이 상당히 무례하다는 건 잘 아시겠지요?"

"어쩔 수 없었네. 한국에서는 국정원의 눈이 너무 매서워서 쉽사리 자리를 마련한 수 없어서 말이야. 거기다가 영국으로 들어가면 국정원보다 더 시간을 만들기 어려울 것 같았고. 별수 없이 이런 방법을 선택했네. 너무 기분 나빠하지 말았으면 좋겠군."

"…무슨 일로 저를 찾아왔습니까? 제가 중국 국가안전부와 어떤 연관이 있는 것도 아닌데 말이죠."

주강은 희미하게 웃었다.

"자네 생각과 다르게도 우리는 자네를 꽤 오랫동안 주시하고 있었네."

"…저를 주시하고 있었다니… 무슨 이유에서 저를 주시하고 있었다는 겁니까?"

"정확히 말하면 라스베이거스 사태부터 자네를 주시하고 있었지. 기억할지 모르겠지만 그때 자네와 함께 있던 여자를 기억하나?"

바로 생각해 냈다. 소결이라는 이름은 기억도 못 하고 있으나 CIA 요원이던 헨릭과 함께 스펜서와 싸웠다는 것을.

"그 여자가… 중국 국가안전부 사람이었던 모양이군요."

"그렇지. 우리가 알지 못한 사람이 인접 국가인 한국에서 갑자기 나타났으니 우리가 주시하는 건 당연한 얘기라고 할 수 있지 않겠나?"

주강의 말은 꽤나 설득력이 있었다.

"하지만 그렇다고 이렇게 거창하게 제 앞에 나타난 것은 이해하기 힘들군요. 설마 저를 제거할 생각으로 나타난 겁니까?"

"그랬다면 자네가 잠에서 깨어나지 못했겠지. 자고 있는 자네의 목숨을 거두는 건 상당히 간단한 일이니까 말일세."

창준은 주강의 말에 쉽게 동의하지 않았다. 아무리 자신의 이목을 속이고 나타났다고는 하지만 자신을 노리는 살기마저 감지하지 못할 정도는 아니라고 생각했다.

6서클에 오르면서 5서클 때보다 더욱 강해진 창준은 얼마 전 자신을 죽이려 한 호문클루스라도 이제는 쉽게 처리할 수 있다고 생각했다. 그러니 주강이라는 남자가 아무리 강하다고 하더라도 그의 말처럼 쉽게 죽임을 당하진 않을 것이다.

그런 창준의 생각을 느꼈는지 주강의 미소가 더욱 진하게 변했다.

"믿지 못하는 것 같지만 굳이 내 생각을 강요하지는 않겠네. 어차피 지금 중요한 것은 그런 것이 아니니까. 다만 본국에서는 자네를 해할 생각이 손톱만큼도 없다는 사실만 알아주면 좋겠군."

"좋습니다. 지금까지 하신 얘기를 모두 믿는다고 하지요. 그렇다면 왜 저를 찾아오셨는지 말씀해 주시죠."

"간단하네. 우리는 자네와 좋은 관계를 맺고 싶다는 것이지."

"좋은… 관계요? 설마 중국으로 귀화하라는 말씀인가요?"

"그러면 우리에게 더욱 좋겠지만 자네가 그럴 생각이 없다는 정도는 파악하고 있네. 그러니 갑자기 나타나서 귀화하라고 해봤자 무슨 소용이 있겠는가? 자네가 귀화하려고 한다면 중국보다는 차라리 영국으로 하겠지. 사업 기반도 그쪽에 있고 지금까지 소통하던 곳도 그쪽이니까."

"……."

창준은 굳이 긍정을 표하지 않았다.

"자네가 하고 있는 일에 대해선 어느 정도 파악하고 있네. 이번에 유전자 변형 마약에 대한 해독제를 만들었다지?"

주강의 말에 창준의 눈썹이 꿈틀거렸다.

현재 국정원의 최고 기밀 중 하나라고 할 수 있는 게 창준이 만든 유전자 변형 마약의 해독제였다. 그것을 이용하여 미국을 비롯한 전 세계 국가에게서 이익을 얻어낼 것이기 때문이다.

그런데 그런 특급 기밀 사항인 해독제의 존재에 대해 이미 파악하고 있고, 심지어 그걸 만든 사람이 창준이라는 것까지 알아냈다는 것이니 놀라지 않을 수 없었다.

"뭘 그렇게 놀라나? 설마 한국의 국정원이 그렇게 뛰어난 집단으로 보였다는 말인가?"

"…그렇지는 않지만 그렇다고 특급 기밀 사항마저도 외부에 노출될 것이라는 생각하지 못했습니다."

"자네에게는 안타까운 일이지만 사실 국정원 내부 정보

에 대해서 알아내는 건 그리 어려운 일이 아니지. 하다못해 몇몇 사람에게 작은 선물만 건네줘도 알아낼 수 있는 게 바로 국정원의 특급 기밀 사항이야."

창준은 미미하게 고개를 끄덕였다.

해독제 검사에 참여하고 있는 사람은 연구원부터 특수요원까지 다양했다. 그들의 입을 모두 막아야 하지만 그다지 믿음이 가지는 않았다.

"거기다가 자네가 만든 해독제를 가지고 세계 여러 나라와 협상하는 사람이 누구일까? 모두 국정원장이 담당하며 각국 정보국과 협상할까?"

당연히 그럴 리 없었다. 그리고 어떤 감투를 쓴 정치인이 협상을 한다면 별로 믿음이 가지 않았다. 창준에게 의심병이 있는 게 아니라 대부분의 사람들이 정치인은 믿지 않으니까.

"어차피 정보가 어디에서 새어 나왔는지는 중요한 일이 아니죠. 중국에서 바라는 건 단지 저와 친밀한 관계가 되는 것입니까?"

창준은 바로 본론으로 들어갔다. 어차피 앞으로 국정원과 공조하는 일은 거의 없을 것이다. 그러니 누구를 통해서 정보가 발설되었는지는 전혀 관심도 없었다.

"사람이 친해지기 위해서는 우선 계기가 있어야겠지. 마침 적당한 물건이 있군. 자네가 만든 해독제가 아주 적당할 것 같아."

창준은 잠시 고민에 빠졌다.

해독제에 대해서라면 이미 권리가 국정원으로 넘어갔다. 하지만 그렇다고 하더라도 생산을 창준이 하기 때문에 어느 정도 협상이 가능할 것 같기는 했다. 물론 중국과 같은 나라에 아무런 대가도 없이 해독제를 넘기지는 못하겠지만.

아마 그 정도는 주강도 예상하고 있을 것이다. 이런 해독제를 공짜로 바란다는 건 어불성설이니 말이다.

하지만 한 가지 더 중요한 것이 있었다.

"저와 친해지기 위해서 해독제가 필요하다……. 이해는 했습니다. 국정원에 얘기하면 어느 정도는 협상이 가능하겠지요."

주강의 미소가 점점 더 짙어졌다. 그걸 보면서 창준의 입가에도 미소가 떠올랐다.

"하지만 말입니다. 친하게 지내기 위해서 물질을 제공하는 건… 따지고 보면 친한 게 아니라 일방적으로 잘 보이고 싶거나 무언가 아쉬운 것이 있을 때 하는 행동이라고 생각되지 않습니까?"

"……."

"그런 관계밖에 되지 못한다면 차라리 친하게 지내는 것이 아니라 거래 대상으로 정하는 것이 좋을 것 같은데요. 이것을 거래라고 생각하면… 제가 해독제를 중국이 크게 손해를 보지 않는 선에서 제공한다고 했을 때 과연 저에게 무엇을 대가로 제공할까 하는 생각이 드는군요."

주강의 미소가 살짝 굳었다.

"지금 자네는 본국의 제안을 거절하고 있다는 걸 인지하고 있나?"

"말은 정확하게 하셔야죠. 저는 제안을 거절하고 있는 것이 아닙니다. 당신이 바라는 대로 해준다면 나에게 무엇을 해줄 수 있는지 말하고 있는 거죠."

"으음, 공짜로는 해줄 수 없다는 말인가?"

"아시겠지만 세상 일이 다 그렇지 않습니까?"

태연하게 말하는 창준을 잠시 묘한 눈으로 바라보던 주강이 물었다.

"바라는 게 뭔가? 설마 돈을 바라는 건 아닐 테고."

창준이 통장에 가지고 있는 돈을 파악하지 못했다고 하더라도 그의 회사에서 판매하고 있는 클린－1이 전 세계적으로 돌풍을 일으키고 있는 만큼 원하는 것이 돈을 아닐 것이라 생각한 것이다.

창준은 짧게 대답했다.

"안전."

"안… 전?"

"그렇습니다. 다른 것은 필요 없습니다. 지금 제가 처해 있는 상황에서는 안전이 최우선이지요."

"그러면… 자네의 뒷배라도 되어달라는 말인가?"

"국가안전부에서 저의 뒷배가 되어주는 것도 좋겠지만, 저는 좀 더 직접적인 것을 원합니다. 예를 들면 제가 위험한 상황에서 도와달라고 하면 좀 더 적극적인 개입을 원합니다."

이것이야말로 창준이 가장 원하는 것이었다.

아직 창준은 스스로 암중에 숨어 있는 흑마법사와 싸움을 벌일 정도는 아니었다. 만약 호문클루스를 만든 7서클 흑마법사와 싸우게 된다면 아마 거의 100퍼센트에 가까운 확률로 질 것이 뻔했다.

그렇다면 자신이 스스로를 지킬 수 있는 수준이 되기 전까지 같이 싸워주거나 보호해 줄 수 있는 존재가 필요했다. 그런 면에서 중국이 보유하고 있는 무인은 충분한 자격이 있었다.

이전에 만난 소결 정도론 흑마법사와 싸우기 힘들었다. 스펜서와 싸우는 것만으로도 충분히 벅차 보였으니 말이다.

하지만 지금 눈앞에 있는 주강은 달랐다.

이제 6서클에 올라 감각이 예리하게 변한 창준의 이목을 속일 정도라면 아무리 낮게 잡아도 창준과 비슷한 수준이라고 할 수 있었다.

어쩌면 창준 정도는 상대도 되지 않는 수준의 힘을 가지고 있을지도 몰랐다.

'이 정도 힘을 가진 사람이라면 만약에 경우에 대단한 도움이 될지도 몰라.'

사실 대가를 바라는 것은 즉흥적으로 생각이 난 것이지만, 주강이 자신과 함께 흑마법사와 싸운다는 생각을 해보면 제법 든든하다는 마음이 강하게 들었다.

여전히 묘한 눈으로 창준을 바라보던 주강은 다시 물었다.

"여전히 애매하게 말하는군. 정확하게 말해주게. 자네가 바라는 것이 어느 수준인지 자세히 파악이 되지 않으면 본국에서도 판단하기 힘들 테니까."

"유전자 변형 마약이나 라스베이거스에서 테러를 일으킨 놈들에 대해서는 이미 알고 계시겠지요?"

"알고 있네. 그중에서 라스베이거스의 경우에는 우리도 엮여 있으니까."

"그렇다면 제가 유전자 변형 마약에 대한 해독제를 만든 것만으로도 그들에게 어떤 취급을 받을지도 예상이 되겠군요. 이미 한국에서 한 번 그들의 암수를 당한 적이 있습니다."

주강은 고개를 끄덕였다. 그것도 이미 파악하고 있는 얘기였다.

"그러면… 그들과 싸울 때 한 팔 거들라는 말이겠군."

"일단 첫 번째 목적은 그것입니다. 두 번째는 만약 제가 다른 곳의 도움이 필요할 경우 적극적은 아니더라도 약간의 도움을 주시면 고맙겠다는 정도가 되겠군요."

적이라고 부를 정도는 흑마법사가 전부이지만, 살다 보면 어떤 문제가 발생할지 모른다. 그런 곤란한 때에 국가안전부가 자신을 도와준다면 꽤나 유용할 것이다.

한국이나 영국 등은 국제적인 시선에 상당한 부담을 느끼는 경우가 많았다. 라스베이거스에서 그가 억류당했을 때, 영국 MI6에서 그와 연계를 끊으려고 한 것만 봐도 알 수 있었다.

하지만 그런 것을 신경 쓰지 않는 대표적인 국가가 두 군데 있다.

중국과 러시아였다.

정도의 차이는 있겠지만 두 국가의 경우는 본국에 도움만 된다면 얼마든지 과감한 수를 쓰고는 했다. 그 예로 지금만 봐도 알 수 있지 않은가. 지금의 상황은 거의 하이잭 수준이니 말이다.

주강의 얼굴에 다시 미소가 감돌았다.

"본국에 송신을 해봐야겠지만… 아마 자네의 요구는 무리가 없을 것 같군."

라스베이거스에서 일어난 사건은 중국과 전혀 상관이 없다.

하지만 전 세계를 대상으로 펼쳐지는 유전자 변형 마약 사건은 중국에서도 심각한 문제로 바라보고 있었고, 이미 중국의 주적 중 하나였다. 창준이 도와달라고 하지 않아도 도와줄 판이었다.

그리고 약간의 도움 정도야 얼마든지 줄 수 있었다. 최강국이라고 불리는 미국의 눈치도 보지 않는 나라가 중국이 아닌가.

주강과 창준은 미소를 띤 얼굴로 악수를 했다.

"그 녀석의 말처럼 자네는 꽤 마음에 드는 사람이군."

"…그 녀석이요?"

"아! 자네와 같이 라스베이거스에서 피땀을 흘린 녀석 말이네. 그 녀석이 내 제자 중 하나거든."

창준이 살짝 놀란 눈으로 주강을 바라봤다.

일반적으로 사부라고 하면 제자보다는 강할 것이라고 생각한다. 그리고 그가 봤을 때 주강은 분명히 강한 힘을 갖고 있는 것도 확실했다.

'내 생각보다 훨씬 강한 사람일지도…….'

"아무튼 이걸로 좋은 관계가 시작되는 거라 생각해도 되겠군."

"저도 더 좋은 관계로 발전하기를 바랍니다. 아참, 중국에서 해독제를 받기 위해 양보할 수 있는 것들만 따로 정리해서 보내주십시오. 어지간하면 그대로 진행되도록 얘기할 테니까요."

"알겠네. 그리고 자네는 이걸 받게나."

주강은 품에서 명함 하나를 꺼내 창준에게 건넸다. 명함에는 다른 것은 하나도 없고 오직 전화번호 하나만 덩그러니 적혀 있었다.

"이건……."

"자네가 말했듯이 도움이 필요한 상황이 오면 이곳으로 연락하게."

"아직 본국에 얘기도 하지 않았는데 이래도 됩니까?"

"자네 조건 정도라면 당연히 승낙이야."

확인할 필요도 없다는 듯이 확정 짓는 주강이다.

"아무튼 다음에 다시 연락하도록 하고 난 이만 가겠네."

"…네?"

창준은 마치 내리겠다는 것 같은 주강의 말에 창밖을 살

폈다. 혹시나 지금 어딘가에 착륙한 것인가 하는 생각에서였다. 하지만 비행기는 지금도 여전히 까마득한 높이에서 구름 위를 날아가고 있었다.

"그럼 다음에 보세. 사람들은 이제 곧 일어날 테니 그렇게 알고."

말을 마친 주강의 몸이 흐릿하게 변하기 시작하더니 이내 스르륵 사라졌다. 그와 동시에 자고 있던 사람들 중에서 몇몇이 기지개를 켜며 일어나기 시작했다.

창준은 당황해서 주변을 둘러봤지만 주강은 보이지 않았고, 마법을 사용하여 비행기 내부를 관조해 봐도 주강은 느껴지지 않았다.

'역시 대단한 능력을 가진 사람이었네. 마법도 아닌데 밀폐된 비행기에서 어떻게 나간 거지? 그리고 이 높이에서 나가면… 마법사면 날아가기라도 하겠지만…….'

주강이 설명하기 전까지는 알 수 없는 일이니 창준은 머리에서 그런 생각을 던져 버렸다.

확실한 건 하나다.

흑마법사와 싸울 때 대단히 유용한 무기 하나를 손에 넣었다는 점이다.

살짝 고무된 표정으로 방금 전에 있던 일을 곱씹고 있을 때, 옆에 앉아 있던 케이트가 일어나더니 잠기운이 가득한 눈으로 그를 바라봤다.

"음, 알스? 안 자고 뭐 하시는……."

창준은 케이트의 말에 생각하던 것을 정리하고 웃으며 그녀의 입에 살짝 키스를 했다.

"좀 더 자요. 아직 영국에 도착하려면 한참 남았으니까요."

"음……."

케이트는 고개를 끄덕이고 창준의 어깨에 머리를 기대더니 다시 잠에 빠져들었다. 하지만 창준은 그런 그녀와 달리 오히려 초롱초롱한 눈으로 창밖을 바라보며 다시 생각에 잠겼다.

*　　　*　　　*

—알렉스가 죽었다고?

두건을 쓴 남자가 되물었다. 알렉스가 죽었다는 것에 놀랐는지 그를 둘러싸고 있는 기운이 심하게 일렁였다.

밀러 회장은 땅에 찧을 것처럼 머리를 처박았다.

"죄송합니다! 마스터가 놔두라고 하셨지만 동태를 살핀다는 것이……."

그 모습을 보던 남자의 기운이 점차 차분히 가라앉았다.

―어디까지 들켰지?

"아무것도 들키지는 않았습니다. 그저 설명할 수 없는 존재가 있다는 정도밖에 모를 겁니다."

―그런가? 그 정도라면 문제가 없다. 하지만 알렉스를 죽인 게 누구라고?

"아직 확실하지가 않습니다. 정확한 건 라스베이거스에서 스펜서의 일을 방해하려고 하던 한국의 마법사가 알렉스를 죽이는 데 큰 일조를 했을 것이라는 정도입니다."

―겨우 4서클 마법사가 호문클루스를 죽인다? 믿어지지 않는군. 알렉스라면 혼자인 4서클 마법사에게 당할 리가 없어.

"저도 그렇게 생각하고 조력자가 누군지 찾아봤습니다. 하지만 다른 부분에 대해서는 허술하면서도 조력자 부분에는 철저하게 기밀이 지켜지고 있어서……."

―흠, 어쨌든 상관없다. 그래봐야 동양의 작은 나라에 불과한 그곳에서 조력자가 대단하다고 해봤자 대수롭지 않은 수준이겠지.

남자의 눈치를 보던 밀러 회장이 조심스럽게 입을 열었다.

"그런데… 대단히 중요한 일이 있습니다."

―중요한 일?

"한국의 마법사가… 마법진을 사용할 수 있는 것으로 확인되었습니다."

─뭐라고?! 그럴 리가 없다! 유럽의 어떤 마법사도 마법진을 사용할 수 없거늘 고작 한국의 별종 마법사가 마법진을 사용할 리가 없어!

"하지만 확인된 사실입니다. 알렉스가 그의 작업실을 확인하고 알려준 일입니다. 그래서 조금 무리하게 그 마법사를 처리하려고 한 것 같습니다."

알렉스에게 창준을 암살하도록 요청한 것은 밀러 회장이었으나 그걸 증명할 사람이 없으니 모든 것을 알렉스에게 넘겨 버렸다.

"그것만이 아니라 알렉스와 마지막 통신에 따르면 저희가 만든 D의 해독제를 제조 중에 있다고 했습니다. 시간이 꽤 흘렀으니 이제는 해독제를 만들었다고 생각해야 할 것 같습니다."

─음, 아무래도 그냥 두고 보면 안 될 것 같군.

해독제를 만든 게 대단히 심각한 문제는 아니다. 하지만 그렇다고 가볍게 지나칠 문제도 아니라는 것은 확실했다.

"저도 그렇게 생각했습니다. 그래서 마스터와 연락을 하지 못하는 상황이기는 했으나 제가 영국에 있는 추종자에게 처리하도록 지시했습니다. 마침 한국의 마법사가 영국에 방문한다니 처리하는 데 큰 문제는 없을 것 같습니다."

─잘 생각했다. 그렇지만 추종자라…….

남자는 뭔가 고민하는 듯 잠시 말을 끊고 생각에 잠겼다.

─추종자가 처리할 수 있을까?

"일단 영국은 그의 활동 구역입니다. 특히 그의 위치를 생각하면 그의 영향력은 영국에 국한되지 않을 정도입니다. 그러니 4서클 마법사 정도는 쉽게 처리할 수 있을 겁니다."

밀러 회장은 아직까지 창준의 수준이 4서클 마법사 정도로 알고 있었다.

그럴 수밖에 없는 것이 스펜서를 처리할 때 알려진 게 그 정도였고, 그 이후로 창준의 실력이 비약적으로 발전한 것을 모르니 어쩔 수 없었다.

남자는 밀러 회장의 말에 가만히 있다가 입을 열었다.

─수단과 방법을 가리지 말고 처리하라고 해라. 마법진을 알고 있다는 것만으로도 충분히 우리를 귀찮게 할 수 있는 놈이 분명하니.

결단이 내려졌다. 두건을 쓴 남자는 창준을 제거하기로 마음먹었다. 이제 이 일은 단순히 밀러 회장이 지시했을 때와 전혀 다른 무게감으로 전달될 것이다.

'정체가 드러나는 걸 의식하지 말고 무조건 처리하라고 해야겠군. 아, 이 기회에 성가시게 만들던 년도 같이 처리하는 게 좋겠어. 이번 일이 기회가 될지도 모르겠군.'

밀러 회장은 흐릿하게 미소를 지었다.

CHAPTER
07

포션 제작 회의

ALCHEMIST

영국 런던에 있는 히드로 공항(Heathrow Airport)에 창준이 타고 있는 비행기가 도착했다.

비행기에서 내린 창준이 가장 처음 느낀 것은 뭔가 우울하게 느껴지는 분위기였다. 현재 런던에는 짙은 안개와 함께 우중충한 부슬비가 내리고 있었기 때문이다.

영국의 날씨를 표현한 말 중에 '하루에 사 계절이 있다'는 말이 유명할 정도로 영국의 날씨는 변화무쌍했다. 특히 안개가 자주 끼고 흐린 날이 많아서 영국 날씨를 색깔로 말하면 회색이라고 하는 사람도 많았다.

'첫인상이 별로야.'

케이트와 함께 출국 게이트를 나오자 많은 사람들이 각자 기다리고 있던 사람들을 만나기 위해 피켓 등을 들고 있는 모습이 보였다.

딱히 기다리는 사람이 있을 것이라 생각하지 못한 창준이 무심코 그들을 지나치려고 할 때, 케이트가 그의 팔을 잡으며 말했다.

"알스, 저 사람이 당신을 기다리고 있는 것 같아요."

고개를 돌려 케이트가 가리킨 쪽을 바라보니 대략 삼십 후반으로 보이는 풍채 좋은 사내가 서 있는 것이 보였다. 이어마이크를 끼고 있는 모습이 마치 특수요원이 아닐까 하는 생각이 들 정도로 절도가 넘치는 사람이다. 그런 그의 손에는 고급스러운 패널이 들려 있었는데 그곳에는 창준의 이름이 영어로 적혀 있었다.

창준이 케이트와 함께 다가가자 사내가 묵직한 목소리로 물었다.

"미스터 킴?"

"맞습니다. 누구신데 저를 기다리고 계신 겁니까?"

"미스 브리스톨께서 보내셨습니다."

올리비아에게는 그가 언제 도착하는지 당연히 연락을 했다. 그렇다고 이렇게 사람이 기다리고 있을 것이라고는 생각하지 못했다.

'거참, 알아서 연락을 했을 텐데…….'

지금 당장 올리비아를 만날 생각은 없었다. 먼저 회사 일도 처리하고 관광도 즐긴 이후에 연락하려고 했는데 이렇게 사람을 보내니 조금 얼떨떨했다.

"저를 따라오시지요."

"뭐… 일단은 갑시다."

사람을 보내줬으니 굳이 거절할 필요는 없을 것 같았다.

창준과 케이트가 가져온 캐리어를 양손으로 번쩍 든 사내를 따라서 히드로 공항을 나오니 사내가 공항 앞에 있는 검은색 롤스로이스 리무진으로 다가갔다.

차를 타고 이동을 시작하자 창준이 물었다.

"지금 어디로 가는 겁니까?"

"미스 브리스톨이 있는 곳으로 가고 있습니다."

"그쪽으로 가지 말고 호텔로 가주세요."

"지금 미스 브리스톨이 기다리고 계십니다."

"그건 지금 제가 전화해서 양해를 구할 겁니다."

"…알겠습니다."

차가 방향을 돌리는 걸 보면서 창준이 올리비아에게 전화를 걸었다. 신호가 몇 번 울리기도 전에 올리비아가 전화를 받았다.

─도착하셨나요?

"네, 도착했습니다."

─런던에 오신 걸 환영해요. 안타깝게도 날씨가 조금 흐리군요.

"빗방울까지 떨어지는데요."

─영국에서 사는 사람들은 이 정도는 그냥 우산도 쓰지 않고 다니는 흐린 날씨예요.

올리비아는 작게 몇 번 웃었다. 지금 그녀는 꽤 기분이 좋은 것 같았다.

─어쨌든 사람을 보냈는데 만나셨나요?

"만나기는 했습니다. 근데 사람을 보낼 거면 미리 말을 하시지……."

─당연히 사람을 보내야죠. 우리 영국에게는 귀빈이신데요. 마음 같아서는 전용기를 보내 모시고 바닥에 레드카펫이라도 깔고 싶었다고요.

"아, 나중에라도 그런 일은 없었으면 좋겠네요. 그런 거창한 대접은 적극 사양하고 싶으니까요."

─호호! 알겠어요. 그러면 이쪽으로 오고 있는 건가요?

"그것 때문에 연락했습니다. 그쪽으로 가는 건 나중으로 좀 미뤘으면 해서요."

창준의 말에 올리비아가 의문을 표시했다.

―왜요? 무슨 일이라도 있나요?

"전에도 말했지만 저희가 좀 처리할 일이 있어서요. 그리고 오늘 바로 찾아가기에는 지금 좀 피곤한 것도 있고요."

사실 창준은 전혀 피곤하지 않았다.

장거리 비행이긴 했지만 이 정도로 피곤함을 느끼기에는 창준의 신체가 너무 튼튼하고 체력도 넘쳐흐르는 상태였다. 하지만 케이트는 분명 피곤함을 느끼고 있었다. 지금 올리비아를 찾아간다면 당연히 케이트도 동행할 것이고, 그녀는 녹초가 될 것이 뻔했다.

―걱정하지 않아도 돼요. 어차피 오늘 사업 얘기를 하려는 것도 아니었어요. 거기다가 호텔보다는 저희 집에서 지내는 게 편하실 것 같은데요.

"원래 제가 남의 집에 가서 지내는 건 그다지 좋아하지 않아서요. 아무튼 저희는 호텔에서 머물 테니까 나중에 스케줄을 정해서 만나는 걸로 하시지요."

―하아, 제가 아직 불편하신가 봐요.

"불편할 정도는 아닙니다. 단지 호텔이 더 편하다고 생각할 뿐이지요."

―알겠어요. 그러면 더 권하지 않도록 할게요. 미스 프로시아도 같이 오셨죠?

"네, 같이 왔습니다."

─그럼 스케줄에 대해서는 미스 프로시아와 얘기하도록 할게요.

"양해를 해주시니 고맙군요. 그럼 나중에 연락하도록 하지요."

창준은 전화를 끊었다.

'대체 이 여자는 왜 이렇게 나한테 호의를 베풀려고 하는 거지? 괜히 부담되네. 마법진이 엄청 필요한가?'

이전에는 올리비아가 왜 이렇게까지 나오는지 잘 몰랐다. 하지만 바로 얼마 전 비행기에서 주강을 만난 이후로 스스로가 엄청 가치 있는 사람이 되었다는 걸 의식하고 있다.

약 한 시간에 걸쳐 이동하여 도착한 곳은 템스 강 바로 옆 세인트 토마스 스트리트에 있는 엄청난 높이의 호텔이었다.

창준은 길쭉한 피라미드 모양의 이 거대한 호텔을 보며 멍하니 입을 벌렸다.

샹그릴라 호텔 앳 더 샤드(Shangri─La Hotel at The Shard).

세계적인 이탈리아 건축가 렌조 피아노(Renzo Piano)가 만든 작품으로 영국 런던의 새로운 명물이 되어가고 있는 호텔이다.

"들어가요."

케이트가 그의 소매를 잡아끌지 않았으면 창준은 여전히 호텔을 바라보고 있었을 것이다. 이 호텔은 그 정도로 거대했다.

얼떨떨한 얼굴로 케이트를 따라가며 생각하니 창준은 감회가 새로웠다.

'내가 출세하기는 했네. 인터넷으로만 보던 이런 곳에 머물 줄이야……'

정말 많이 바뀌기는 했다.

사채업자에게 잡혀 산 채로 생매장을 당한 그였다. 그런데 이제는 어머니의 병도 고치고, 로열펠리스 같은 곳에서 살며, 이런 멋진 호텔에 머물고 있다.

거기다가 현재 백색가전에서는 세계적으로 가장 혁신적인 사람으로 손꼽히고, 케이트와 같은 아름다운 사람과 사랑하는 사이가 되었다.

'뭐… 대신 현재 목숨이 위태로워 보이기는 하지만 말이야.'

이미 어딘가에 숨어 있을 흑마법사들과 벌써 두 번이나 목숨을 걸고 싸웠다. 첫 번째는 우연이라고 하더라도 두 번째는 자신이 목표였다.

세상에 확실한 것은 없다고 하지만, 창준은 아무래도 그들이 이대로 자신을 노리는 걸 멈추리라고는 생각하지 않았다. 심지어 그는 이제 흑마법사들이 만든 유전자 변형 마약의 해독제를 만들었다. 그러니 더 노골적으로 자신을 노릴지도 모른다.

'빨리 대비를 해야 하는데……'

케이트 덕분에 잠시 가라앉힌 불안한 마음이 다시 요동치기 시작했다. 그리고 이런 마음은 그가 최소한 7서클에 도달하지 않으면 앞으로도 계속될 것이다.

화려한 로비에 심각한 얼굴로 서 있는 창준에게 케이트가 다가왔다.

"알스?"

"응? 방은 준비했어요?"

얼른 심각하던 얼굴을 푼 창준이 웃으며 케이트를 돌아봤다.

케이트는 상당히 눈치가 빠른 여자이다. 그렇기에 방금 전까지 창준이 심각한 표정으로 있던 이유는 대충 짐작하고 있었다.

하지만 그렇다고 그에게 뭐라고 말하지는 않았다.

이미 불안해하고 있는 상황에서 조바심을 내지 말라고 하는 것은, 상대에게 오히려 부담으로 다가올 수 있다는 것 정도는 잘 알고 있을 정도로 현명한 여자였다.

그런 창준에게 먼저 말을 걸어온 건 케이트와 함께 다가온 남자였다.

"저희 샹그릴라 호텔을 방문해 주셔서 감사합니다. 저는 이 호텔의 지배인인 콜린 웨이츠라고 합니다."

서양인치고 조금 작은 키에 전형적인 영국 신사의 이미지를 가진 콜린의 말에 창준은 조금 당황한 얼굴로 그와 악수를 나눴다.

"네, 알스라고 합니다."

"하하! 이렇게 친근하게 인사를 나눠주시니 고맙군요. 저도 앞으로 콜린이라 불러주시면 됩니다."

창준의 이름인 알스를 애칭으로 알아들은 콜린은 환하게 웃으며 말했다.

"저희가 비행을 오래 해서 조금 피곤한데 숙소로 안내를 부탁드립니다."

"그러시군요. 바로 안내해 드리도록 하겠습니다. 찰스, 이분들을 안내해 드리게."

콜린이 손짓하자 옆에 서 있던 벨보이가 창준과 케이트의 가방을 집어 들고 걸어갔다.

창준은 벨보이를 따라 엘리베이터에 탄 후 케이트에게 물었다.

"무슨 일인데 호텔 지배인이 인사를 하는 거예요?"

"원래 고급 호텔 특실에 숙박하게 되면 지배인이 이렇게 인사를 합니다. 바쁘면 나중에라도 인사를 하지요."

"응? 라스베이거스에서도 스위트룸에 머물렀는데 거기서는 이런 것이 없던데요."

"스위트룸과 특실은 조금 다릅니다. 사실 이름은 같지만 스위트룸은 홈페이지 같은 곳에서 예약이 되더라도 특실은 안 됩니다. 그런 곳이 있다는 것도 모르는 사람이 많지요. 아마 알스가 머문 호텔은 그냥 스위트룸이었을 겁니다."

창준은 케이트가 상당히 손이 크다는 걸 알고 있다. 이제는 돈에 구애받지 않고 살 수 있기에 어지간한 것에 놀랄 일은 없지만, 케이트에게 이렇게 얘기를 들으니 조금 불안해졌다.

"그래서 하룻밤에 얼마나……?"

"영국이 다른 나라에 비해서 호텔이 조금 비싸기는 합니다. 대략 하루에 1,800만 원 정도입니다."

"으헉!"

아무리 창준의 배포가 커졌다고 하지만 하룻밤 숙박비로 1,800만 원을 지불할 정도는 아니었다.

'1,800만 원! 하룻밤에 준중형 차 한 대 값이…….'

이렇게 놀라는 창준을 케이트가 무심한 눈으로 바라보며

말을 이었다.

"왜 그렇게 놀라는 거죠?"

"그게 너무 비싼 건 아닌지 해서……."

"겨우 이 정도로 놀랄 수준은 아닌 것 같습니다. 참고로 두바이에 있는 버즈 알 아랍의 경우에는 최고 등급 스위트 룸 가격이 3,000만 원이 넘습니다."

"…나중에 우리가 두바이에 가게 되면 다른 호텔에 숙박 하도록 하지요."

너무나 상식을 초월하는 가격에 창준이 혀를 내두를 즈 음 두 사람과 벨보이가 탄 엘리베이터가 멈췄다.

벨보이의 안내에 따라 방으로 들어간 창준은 화려하기 그지없는 인테리어와 템스 강과 런던의 야경이 한눈에 내 려다보이는 멋진 야경을 보고 감탄했다.

"이거… 엄청 멋지군요."

홍콩이나 대만은 야경이 멋진 도시로 세계적인 명성을 가지고 있다. 하지만 지금 창준이 보고 있는 런던의 야경 역시 그에 못지않을 정도로 대단한 경관을 보여주고 있었 다.

벨보이에게 팁을 주고 다가온 케이트가 평소와 같은 무 뚝뚝한 목소리로 말했다.

"그럼 앞으로의 일정에 대해 알려드리겠습니다."

"일정? 그건 일단 올리비아와 협의한 이후에 정하는 것 아닌가요?"

"지금 상황으로 보아 그쪽에서는 우리 일정에 맞춰 행동할 것 같습니다. 그러니 굳이 그쪽의 의견을 들어볼 필요는 없지요. 그래서 내일은 알케미 영국 법인 사무실을 방문하여……."

케이트는 말을 멈췄다. 그리고 자신의 허리를 감싸오는 창준의 손을 물끄러미 바라봤다.

"알스, 지금은 이번 영국 일정에 대해 보고하는 공적인 자리……."

"별로 중요하지 않은 얘기는 집어치우도록 해요."

"중요한 일입니다."

"그건 내가 판단합니다. 일단 내일 일정은 내 사랑하는 연인과 런던의 관광지를 구경하며 멋진 분위기 연출하기. 어때요?"

살짝 발그레 볼을 붉게 물들인 케이트는 몇 번의 헛기침을 한 후 금세 냉정한 얼굴로 고쳤다.

"불가능합니다. 일정이 촉박한 관계로 내일은 바로 알케미 영국 법인 사무실을 방문해야 합니다."

"그건 제가 거절합니다. 이건 확정이에요."

"알스!"

"몸이 좀 불편하지 않아요? 비행기를 오래 타서 그런지 몸이 좀 찝찝하네요. 샤워나 하러 갑시다."

"갑자기 그게 무슨… 아앗!"

창준이 케이트를 번쩍 안아 올리자 당혹스런 소리를 토해냈다.

"알스! 갑자기 이게……!"

"말했잖아요. 우리 샤워나 하러 갑시다."

당황스러워하는 케이트를 보고 즐겁게 웃으며 창준은 욕실로 향했다.

*　　　*　　　*

"보고할 사항은 이것뿐인가?"

40대 후반으로 보이는 외모의 냉철한 얼굴을 가진 남자가 물었다.

MI6 유럽 지역 통제관 제프리 게리슨.

보고를 받는 남자의 이름이다.

SAS(Special Air Service) 출신으로, SAS에서 혁혁한 전공을 올린 제프리는 그 공을 인정받아 현재 그가 있는 MI6으로 부임을 받았고, 그 후로도 뛰어난 성과를 보이며 현재는 유럽 지역 전체를 통제하는 통제관의 위치에 오른 입지전적인 인물이다.

일부 사람에게는 사람 같지 않을 정도로 냉정하다는 평가를 받지만 그가 세운 전과는 그 누구도 무시할 수 없는 정도였다.

"그렇습니다."

바짝 긴장한 얼굴로 요원이 대답하자 제프리는 가볍게 손을 저으며 나가보라는 신호를 보냈다.

책상에 놓인 서류를 마저 살펴보고 처리한 제프리는 조금 피곤한 얼굴로 시계를 봤다. 이미 퇴근 시간은 한참 전에 지났다.

자리에서 일어선 제프리는 옷을 챙겨 입고 MI6 본사 건물에서 나와 차를 타고 자신의 집으로 향했다.

집으로 온 제프리는 늦은 식사를 하며 남은 하루를 정리하고 있었다.

툭툭!

무언가 창문을 두드리는 소리에 창문을 바라보니 검은색 비둘기 한 마리가 창문을 두드리고 있는 것이 보였다. 그걸 확인한 제프리의 눈이 예리하게 빛났다.

창문을 열어주니 집으로 들어온 비둘기가 탁자에 내려앉았다. 그리고는 순간적으로 연기처럼 흩어지더니 작은 유리병과 편지로 변해 버렸다.

유리병에는 미세한 검은색 가루가 은은하게 빛나며 흩날리고 있었다.

편지를 읽어본 제프리는 묘한 웃음을 지었다.

"음, 이제 시작이라는 말인가?"

알 수 없는 말을 내뱉은 제프리는 다시 한 번 유리병을 들어 살펴봤다. 그의 눈에서는 은은한 살기가 흐르고 있었다.

*   *   *

"후아암!"

창준은 입이 찢어져라 하품을 했다. 그걸 본 케이트가 말했다.

"많이 피곤하신 것 같습니다."

"그러게요. 덕분에 엄청 피곤해요."

가볍게 투정을 부리자 케이트가 희미하게 미소를 지었다.

"그러니까 첫날 일정을 빼면 안 되는 거였죠."

창준은 그가 말한 것처럼 다음 날 하루는 아무것도 하지 않았다. 그저 케이트와 함께 런던을 거닐며 관광을 하고 평범한 연인들처럼 데이트를 즐겼다.

버킹엄 궁전(Buckingham Palace)에서 열리는 근위병 교대식도 구경을 했고, 빅 벤(Big Ben)이라는 별칭으로 유명한 엘리자베스 타워(Elizabeth Tower)를 구경하기도 했다. 하지만 무엇보다 기분이 좋았던 것은 악명이 자자한 피쉬 엔드 칩스를 먹으며 오후 내내 거닌 하이드 파크(Hyde Park)였다. 딱히 무엇을 한 것은 아니지만, 그저 둘이서 손잡고 공원을 거닐면서 대화를 하고 사람들 구경하는 게 너무나 즐거웠다.

밤에는 다시 호텔로 돌아와 분위기 있는 식사를 하고 사랑을 나눴다.

그리고 다음 날이 되자 어제의 달콤하던 분위기는 어디로 사라졌는지 강행군이 이어졌다.

알케미 영국 법인 사무소를 방문하여 직원들을 격려하고 각종 보고를 들었으며, 현재 클린—1을 생산하고 있는 공장을 방문했다. 또한 향후 지을 공장 부지를 둘러보고 케이트를 따라 사람들을 만나고 다녔다.

어디에 누구다, 직책이 어떻게 된다는 등 많은 사람을 소개받았다. 하지만 너무 많은 사람을 만났기 때문인지 창준의 기억이 남는 사람은 단 한 사람도 없었다.

아무튼 이런 바쁜 스케줄을 겨우 이틀 사이에 모두 처리하니 창준은 좀 피곤한 상태였다. 육체적으로는 피곤할 것이 없으나 정신적으로 피곤했다.

'케이트는 이런 일을 매일 하고 있다니 놀랄 일이지.'

아무래도 케이트에게 회사의 일을 거의 전부 넘긴 것은 신의 한 수였다는 생각을 하며 창밖으로 시선을 돌렸다.

지금 창준과 케이트는 올리비아가 보낸 차량을 타고 그녀가 있는 곳으로 가는 중이다. 올리비아는 현재 MI5 청사에 있었다.

창준은 MI5를 향하면서도 창밖으로 보이는 MI6 청사 건물을 안타까운 눈으로 바라봤다.

'007이 있는 곳에 가보고 싶었는데… 아쉽게 됐네.'

딱히 제임스 본드가 나오는 영화의 팬은 아니지만 소문으로만 듣던 MI6 청사 내부를 볼 수 있다는 것은 꽤 대단한 경험이라고 할 수 있을 것 같았다.

안타깝게도 올리비아가 원래 소속이던 MI6에서 MI5로 바뀌었기에 아무래도 MI6 청사 내부를 보는 기회는 얻기가 힘들 것 같았다. 굳이 올리비아에게 부탁해서 구경할 정도로 보고 싶을 정도는 아니었으니 말이다.

MI5 청사에 도착해 차에서 내리자 기다리고 있던 올리비아가 환하게 웃으며 다가왔다. 그리곤 악수를 하기 위해서 손을 내밀고 있는 창준을 와락 끌어안았다.

케이트의 눈초리가 순간적으로 위로 치켜 올라갔다가 이

내 아무 일 없었다는 듯이 다시 내려왔다. 물론 케이트는 사람들의 시선을 받을 위치가 아니었기에 그녀의 눈초리가 변한 걸 본 사람은 아무도 없었다.

"반가워요, 알스! 정말 오랜만이에요!"

"그, 그러네요."

창준이 어색하게 내밀고 있던 손으로 그녀의 등을 몇 번 두드리고 나서야 올리비아가 품에서 떨어졌다.

환하게 웃고 있는 올리비아를 보며 창준이 여전히 어색한 얼굴로 말했다.

"좀 놀랍네요. 이렇게 환영해 줄 거라고는 생각하지 못했는데요."

"엄청 환영하는 게 당연하죠. 만난 것도 오래됐고 여기까지 직접 찾아와 주셨는데요. 아무튼 들어가요. 안에 당신을 기다리는 사람이 있어요."

"저번에 말한 저를 만나고 싶다고 한 사람 말입니까?"

"그건 아니고요. 일단 MI5에 오셨으니 국장님은 만나보셔야죠."

창준은 영국에 MI5와 MI6가 있다는 정도는 올리비아를 통해 들었다. 영화에서 들은 정도의 지식밖에 없기는 하지만 MI5의 국장이라면 최소한 한국의 국정원장과 동급이고 전 세계적인 위상은 비교도 할 수 없다는 것 정도는 눈치껏 알고 있었다.

그렇게 대단한 사람이 자신을 왜 만나려는지 모르지만 일단 거절할 필요는 없었다.

청사 안에서 국장이 있는 곳을 찾아가면서도 올리비아는 생글거리는 얼굴로 끊임없이 재잘거렸다.

"런던 관광은 잘하셨어요?"

"하루밖에 시간이 없어서 많이 돌아보지는 못했습니다. 기껏해야 버킹엄 궁전이랑 빅 벤을 보고 하이드 파크에 가 봤을 뿐이에요."

"그래요? 그러면 일정을 모두 소화한 이후에 며칠 더 머물다가 가요. 제가 직접 런던을 관광시켜 줄게요. 런던에는 런던 탑(Tower of London)이랑 런던아이(The London Eye)처럼 멋진 곳이 가득하니까요."

"그래요?"

"그럼요! 아니면 아예 좀 오래 머물면서 영국 전역에 있는 관광지에 가보는 것도 나쁘지 않지요. 스톤헨지(Stonehenge) 같은 곳은 세계적으로 수백만 명이 찾아오는 곳이라고요."

신이 나서 얘기하는 올리비아의 모습은 무척 아름다웠다. 어지간한 남자라면 한눈에 반할 정도로 찬란하게 빛나는 수준이었다.

하지만 창준은 별로 그런 걸 느끼지 못했다.

과거의 창준이라면 올리비아의 이런 모습에 눈이 돌아갔을지도 모른다. 그러나 케이트를 마음에 담으면서 이제 다른 여자에게는 뭔가 초연한 모습으로 변했다.

사실 지금 창준은 내색하고 있지 않지만 옆에서 아무런 말도 없이 따라오는 케이트가 더 신경 쓰였다.

'케이트가 말이 없네. 왜 그러지?'

워낙 필요한 말이 아니면 하지 않는 케이트라 평소보다 더 말이 없는 것 같지만 별일 아니겠지 하는 마음에 나중에 물어보자고 생각하고 넘어갔다.

그렇게 올리비아의 말을 들어주다 보니 어느새 MI5 국장이 있는 곳에 도착했다.

올리비아가 먼저 문을 열고 안으로 들어가자 커다란 책상에 앉아 있던 리처드가 창준을 보고 웃는 얼굴로 다가와 악수를 청했다.

"얘기는 많이 들었습니다, 알스. 리처드 브리스톨이라고 합니다."

"네, 처음 뵙겠습니다. 저는… 어? 브리… 스톨? 그러면……?"

창준은 무심코 인사를 나누려다가 리처드의 성을 듣고는 말을 멈췄다. 그러자 그의 생각이 맞는다는 걸 보여주려는 듯 올리비아가 웃으며 말했다.

"맞아요. 제 아버지세요."

"헐……."

'이 여자가 금수저라는 건 알고 있었지만, 아버지가 MI5 국장이라고? 거기다가 귀족 집안이고? 무슨 반물질 수저냐?'

알면 알수록 대단한 여자였다. 아마 창준이 이전의 삶과 같았다면 스치듯이 볼 수도 없을 정도로 말이다.

"얘기는 많이 들었습니다. 저희에게 마법진에 대한 정보를 주신 것도 그렇고 이번에 영국에 설립하신 회사에서 획기적인 상품을 만들어 영국의 국익에도 많은 도움을 주시는 걸로 알고 있습니다."

"뭐… 그렇게 봐주시니 고맙군요."

사실 마법진은 거래에 불과하고 알케미를 영국 법인으로 만든 것도 한국에서 제약을 받았기에 그랬을 뿐이지만, 웃으며 이렇게 말해주니 사양할 필요는 없었다.

가볍게 인사를 나눈 그들이 고급스럽게 만들어진 의자에 마주 보고 앉자 비서로 보이는 여성이 홍차를 가져왔다.

영국인들에게 홍차는 생활의 일부였다. 흔히 애프터눈 티(Afternoon Tea)라 부르는 말이 영국에서 시작됐을 정도이다.

홍차를 마시며 가볍게 이야기를 나누던 리처드는 어느 정도 이야기가 끝나자 찻잔을 내려놓고 슬슬 본론을 꺼내기 시작했다.

"당신이 만든 포션을 최대한 빠르게 임상실험을 했습니다."

"그래요? 어떤 것 같습니까?"

"효능에 대해서 말씀하시는 거라면 아주 환상적입니다. 아마 포션이 세상에 공표되는 날은 역사에 기록이 될 정도로 센세이션을 일으킬 거라고 생각합니다. 아주아주 훌륭합니다."

창준은 극찬을 날리는 리처드의 말에 웃어 보였다.

리처드가 말한 것처럼 포션이 역사에 기록될 것인지는 모르겠으나 전 세계적으로 큰 반향을 일으킬 거란 부분에 대해서는 그 역시 동의하는 부분이다.

지금까지 상처가 났을 때 약을 바르면 감염을 막고 치료를 돕는 수준이었다고 한다면, 포션은 상처를 원래와 똑같은 상태로 만든다. 그것도 포션을 사용하고 얼마 시간이 지나지 않아서 말이다. 기존의 치료제와 포션은 비교도 할 수 없는 수준이었다.

"사실 알스 당신이 말한 수준으로만 임상실험을 했다면 아마 시간이 절반은 단축되었을 겁니다."

"네? 그러면 다른 방향으로도 실험했다는 겁니까?"

"포션의 효능에 고무된 연구팀은 포션의 활용도를 더 높이기 위해 다양한 방향으로 실험했습니다. 그건 더 놀랍더군요. 포션에 신체 조직을 담가두면 세포가 사멸하지 않고 유지되더군요. 그건 일부분에 불과합니다."

리처드는 약간 흥분한 말투로 빠르게 말했다.

창준에게는 단지 최하급 포션이었을 뿐이다. 그렇기에 그는 이것을 흔히 말하는 빨간약의 대용품 역할 정도로만 생각했다.

하지만 리처드의 말에 의하면 포션을 이용해 신체가 절단되었을 때 절단된 부위를 포션에 담가두면 시간에 거의 영향을 받지 않는다는 말이다. 뿐만 아니라 포션 덕분에 요즘 의학계에서 한창 이슈가 되고 있는 세포 재생 부분에서 비약적인 발전을 하고 있다고도 했다.

'이건 현대 의술과 병행해서 사용했을 때 거의 중급 포션의 효능까지 가능하다는 말이네.'

이건 창준이 전혀 예상하지 못한 효능이다.

그렇다고 나쁠 건 없었다. 최하급 포션으로 이 정도 효능을 보인다면 상위 포션으로는 어디까지 효능이 늘어날지 가늠할 수 없는 수준이다.

"정말 다행스럽게도 포션을 영국에서 생산할 계획이라고

알고 있습니다. 계획을 그대로 진행하신다면 저희는 정부 차원에서 적극 지원할 예정입니다. 혹시 다른 생각을 하고 계신 건 아니시겠지요?"

창준은 리처드의 말에 한국에서 법인을 설립하고 생산할 생각을 잠시 해봤다.

'아, 어떻게 상상만 했을 뿐인데 이렇게 답답함이 머리끝까지 차냐?'

이미 클린—1으로 인하여 대기업의 협박을 받아본 창준이니 클린—1과는 비교도 할 수 없는 포션으로는 어떤 일이 벌어질지 앞이 깜깜할 정도였다.

대기업에서만 태클을 거는 수준이 아니라 로비를 받은 정치인부터 뇌물을 바라는 정치인까지 아마도 한국에서 포션을 생산하면 짜증스러움이 말도 못 할 것 같았다.

창준은 결론을 내기 전에 혹시 케이트의 생각은 어떤지 궁금해서 그녀를 바라봤다. 그의 시선을 받은 케이트가 살며시 고개를 끄덕여 보였다. 그녀 역시 나쁘지 않다는 것 같았다.

결론을 내린 창준이 대답했다.

"영국에서 법인을 만들 겁니다. 적극 지원해 주신다는데 다른 나라에서 법인을 만들 필요가 있겠습니까? 거기다가 임상실험도 모두 영국에서 했고요."

창준의 말에 리처드의 얼굴이 환하게 변했다.

"잘 생각하셨습니다. 그러면 법인 설립이나 공장을 만드는 일 등 저희의 도움이 필요한 일이 있으면 언제든지 말씀만 하십시오. 적극적으로 도와드리도록 하지요."

실세 중의 실세라고 할 수 있는 MI5 국장의 말이면 포션에 대해서는 전혀 걱정할 필요가 없을 것이다.

양쪽 모두에게 성공적인 미팅을 마치고 MI5 청사를 빠져나가며 창준이 물었다.

"이제 당신이 말한 사람을 만나러 가는 겁니까?"

"그래요."

"흠, 대체 얼마나 대단한 사람인지 궁금하네요."

"왜 그런 생각을 하시죠?"

"방금 당신 아버지와 한 얘기는 굳이 제가 영국까지 와서 할 얘기는 아닌 것 같아서요. 전화로도 가능한 얘기였잖아요."

창준의 말에 올리비아가 살짝 미소를 지었다.

"보면… 놀라실 거예요."

지금 당장 말해줄 생각이 없는 것 같았다. 창준도 이제 곧 만날 사람이라는 생각에 더 이상 묻지 않았다.

CHAPTER
08

비사를 듣다

ALCHEMIST

MI5 청사를 나오던 올리비아는 마침 청사로 들어가던 한 사람을 보더니 미세하게 눈썹이 흔들렸다.

40대 후반으로 냉철한 얼굴에 탄탄한 몸을 가지고 있는 사내.

MI6 유럽 지역 통제관 제프리 게리슨이었다.

제프리는 올리비아와 창준, 케이트를 보더니 기묘한 웃음을 지으며 인사를 했다.

"오랜만이군요, 미스 브리스톨."

인사를 받은 올리비아는 미세하게 흔들리던 눈썹을 얼른

멈추고 냉정한 표정을 지었다.

"여기까지 무슨 일이죠, 미스터 게리슨?"

"잠시 일이 있어서 왔습니다. 오랜만에 보는데 너무 냉정한 것 같군요."

"제가 당신을 기뻐 반길 필요는 없는 것 같은데요?"

"그렇다면 어쩔 수 없겠지요. 이쪽은 누구십니까? 혹시… 그 소문의 장본인인가요? 반갑습니다. 제프리 게리슨이라고 합니다."

제프리의 인사에 창준이 그가 내민 손을 잡고 인사를 하려고 하는데 올리비아가 두 사람의 인사를 막았다.

"미스터 게리슨, 지금 당신은 명백하게 월권을 하고 있습니다! 당신의 권한은 저희 일에 관여할 수 없어요!"

"오우, 이런……. 너무 과민반응을 보이는 것 같습니다."

느물거리듯 말하는 제프리를 올리비아는 차가운 눈빛으로 쏘아보고는 창준의 손을 잡고 끌었다.

"우린 어서 가도록 하죠."

처음 보는 냉정하지 못한 올리비아의 행동에 창준은 조금 당황하면서도 그녀가 이끄는 손을 뿌리치지 않았다. 무언가 이유가 있어서 이런 행동을 보이는 것이라 생각했다.

차가 출발하고도 한동안 미간을 찌푸리며 기분 나쁜 기

색을 숨기지 않고 있는 올리비아를 보며 창준이 물었다.

"누군데 그래요?"

"…당신이 기억해야 할 정도로 비중 있는 사람은 아니에
요."

뭔가 날이 서 있는 듯한 올리비아의 말에 창준은 입맛을
다시며 입을 다물었다.

아무리 자신에게 호의적인 올리비아라고 하더라도 인간
관계에서 서로 껄끄러운 부분을 긁는 일은 예의에 어긋난
다.

하지만 올리비아는 이렇게 쏘아붙이듯이 말한 게 걸리는
듯 이내 어색한 미소를 지으며 말했다.

"죄송해요. 제가 좀 심하게 말했네요."

"아닙니다. 제가 괜한 걸 물어본 것 같군요."

창준은 정말 아무렇지도 않았으나 올리비아에게는 그렇
게 보이지 않았는지 작게 한숨을 내쉬며 말했다.

내부 사정이기에 얘기하기 조금 꺼렸지만 그다지 중요한
기밀은 아니었다. 특히 창준은 지금 영국에 가장 큰 도움이
될 사람이고 앞으로도 꾸준히 그런 관계를 유지하고 싶은
사람이다.

"아까 그 사람… MI6의 유럽 지역 통제관이에요."

"통… 제관이 뭔가요?"

"유럽 지역에서 일어나는 MI6의 모든 방첩 활동을 관리하는 사람을 말해요."

'아, 영화에 비교하자면 007이 첩보요원이고 M이 국장이면 제프리라는 그 사람은 중간에 있는 중간관리자 정도 된다고 생각하면 되겠네.'

간단하게 이해를 했다. 물론 실제 제프리의 위상을 너무 격하시켜서 이해하기는 했지만 딱히 틀린 말도 아니었다.

"그런데 별로 사이가 좋지 않나 봐요?"

"네, 사이가 안 좋아요. 제가 MI6에서 MI5로 소속을 옮기도록 만든 주역 중의 하나니까요."

사실은 주역 중의 하나가 아니라 그냥 주역이었다.

"저희 마법사들은 왕립마법협회에 가입되어 있기도 하지만 거의 대부분이 국가기관에 소속되어 각자의 역할을 수행하고 있어요. 아무래도 마법사의 특성상 주로 MI5, MI6에 소속돼서 국가를 위해 임무를 수행하고는 하죠."

아마도 그럴 것이라고 창준도 예상하고 있던 사항이다. 국정원만 하더라도 자신을 국정원 소속으로 두려고 했으니까 말이다.

물론 한국과 영국의 사정은 다르다. 그렇지만 어떤 국가라도 능력이 출중한 인재를 홀로 돌아다니도록 놔두는 곳은 없다고 해도 좋았다.

"마법사의 영역과 단순 방첩부대는 명백하게 서로의 영역이 있어요. 그래서 그걸 최대한 존중하며 서로의 영역에 간섭하지 않으려고 하죠. 그런데 제프리는 달랐어요."

"마법사의 영역을 침범했다는 말입니까?"

"침범… 이라고 말할 것까지는 없지만 저희 쪽 정보를 얻기 위해서 움직이는 것을 몇 번 포착했어요."

"그러면 징계를 내리든지 경고를 하면 되지 않나요?"

"그게 징계를 내리거나 경고를 할 정도로 심한 수준은 아니고 미묘하게 건드린다고 하는 것이 맞을 거 같군요. 그러니 징계나 경고도 하지 못하고 그냥 가까이하지 않을 뿐이에요."

"흐음."

"아마 당신이 한국의 마법사라는 걸 알게 되면 우리가 모르게 어떤 수작을 부릴지 몰라요. 그래서 당신이 누군지 말하지 못하도록 막은 거예요."

창준은 고개를 끄덕였다.

'아까 괜히 인사를 하지 않은 게 다행이군.'

누군가 자신 모르게 수작을 부린다거나 스토커처럼 쫓아온다면 기분이 좋지 않을 것이다.

올리비아는 여전히 얼굴을 찡그린 채 말했다.

"무슨 일로 MI5로 온 것인지… 인사는 하지 않았지만 당신의 얼굴을 봤으니 아마도 뒤에서 당신이 누군지 알아볼지도 모르겠군요. 혹시라도 그런 일이 일어나지 않도록 저희가 강하게 경고하도록 할게요."

"고맙군요."

알아서 그렇게 해준다면 고마운 일이다.

"괜히 기분 나쁜 사람을 만나 분위기가 이상해졌네요. 혹시 축구 좋아하세요? 내일 마침 프리미어리그 경기가 있는 날인데 같이 가실래요?"

분위기를 바꾸기 위해서인지 올리비아가 찡그린 얼굴을 활짝 펴며 밝은 목소리로 말했다.

이렇게 얘기하는 사이 그들을 태운 차는 런던 교외로 빠져나가고 있었다.

*　　　*　　　*

MI5 청사를 나와 한참을 달린 차가 도착한 곳은 런던 교외에 있는 커다란 저택이었다. 마치 중세시대에 만든 것처럼 보이는 외양의 건물은 고풍스러운 이미지를 보여주고 있었다.

올리비아가 먼저 건물로 걸어가고 있는 동안 차에서 내

린 창준은 건물을 보며 꽤 멋지다는 생각을 했다. 그런 창준의 곁으로 다가온 케이트가 입을 열었다.

"아무래도 조금 걱정이 되는군요."

"응? 뭐가요?"

"아까 말한 제프리라는 사람, 아무리 미스 브리스톨이 경고를 한다고 하더라도 몰래 알스에 대해 조사할 것 같아요."

창준은 케이트의 말에 고개를 끄덕였다.

서로의 영역을 지키라는 말을 들으면서도 지속적으로 관심을 보였다면, 경고를 감수하고서라도 창준을 조사할 가능성이 높았다.

"괜한 신경 쓰지 말아요. 내 정체가 이전처럼 완전히 비밀도 아니고 알 만한 사람은 대부분 알고 있는데요."

대수롭지 않게 말한 창준을 보며 케이트는 무겁게 고개를 끄덕였다.

창준이 마법사라는 건 국정원부터 미국의 CIA, 중국의 국가안전부까지 모두 알고 있다. 그러니 이제 그 정도 정보는 기밀도 아닌 수준이다.

여기서 숨겨야 할 것은 창준이 가진 능력이 어느 수준이냐는 것이다.

현재 CIA나 국가안전부는 창준을 4서클 마법사에서 높아

봐야 5서클 마법사로 알고 있을 것이다. 그건 국정원도 마찬가지다.

능력을 숨겨야 흑마법사가 또 노린다고 하더라도 대응이 가능했다.

그를 5서클 마법사로 착각한 흑마법사가 그의 힘에 걸맞은 준비를 해서 습격한다면 6서클을 가진 창준이 살아날 가능성이 높았다.

이 정도면 창준에게는 충분했다.

"뭐 하세요? 들어오세요!"

문을 열고 올리비아가 외치는 소리에 창준은 케이트와 함께 집으로 들어갔다.

집 안은 밖에서 본 외양과 동일하게 대단히 고풍스러웠다.

커다란 샹들리에와 이 층으로 올라갈 수 있는 계단 등이 중세 영화에서나 보던 그런 디자인이었다.

"이 건물은 실제로 역사가 100년 정도 됐어요. 집주인이신 분이 건물을 최대한 원형에 가깝게 유지하려고 엄청 노력하셨죠."

비록 외양은 고풍스럽지만 케이트의 눈에는 전혀 100년씩이나 된 것처럼 보이지 않았다. 오히려 이제 10년도 안 된 것처럼 보였다.

그렇지만 창준의 눈에는 달랐다.

'마나의 흔적이… 곳곳에 보이네. 여기에 사는 사람이 마법사인가?'

"음, 일단 미스 프로시아는 여기서 기다려야겠네요."

올리비아의 말에 케이트의 미간이 살짝 찌푸려졌다.

"제가 같이 있으면 안 되는 자리인가요?"

"여기에 계신 분은 창준을 만나고자 하셨어요. 참고로 저도 빠질 겁니다."

케이트의 미묘한 분위기를 읽었는지 올리비아가 얼른 말했다.

영국은 올리비아의 앞마당이었기에 창준과 케이트가 런던에서 데이트를 한 건 이미 알고 있었다. 그래서 두 사람이 무언가 관계가 진전된 것도 느끼고 있었다.

'두 사람이 그런 관계가 되었으면 그녀가 우리에게 괜히 나쁜 감정을 갖게 만들지 않는 게 좋겠지?'

올리비아는 그런 생각을 하면서 문득 아쉽다는 생각이 들었다. 그리고 자신이 그런 생각을 했다는 것에 화들짝 놀라며 서둘러 아쉬운 마음을 털어버리려 했다.

"차, 창준은 2층으로 올라가시면 돼요."

저도 모르게 말을 더듬은 올리비아의 반응에 관심을 보이지 않은 창준은 고개를 끄덕이고 케이트에게 웃으며 말했다.

"그럼 다녀올게요."

두 여자를 두고 창준은 2층으로 올라갔다. 커다란 저택이었기에 2층에도 방이 상당히 많았다.

어디로 가야 할지 몰라 두리번거리는 창준에게 인형 하나가 눈에 들어왔다.

중학생 정도 될 법한 인형은 사람처럼 창준에게 걸어와 꾸벅 인사를 하더니 앞장서서 걸어갔다.

창준은 호기심이 가득한 눈으로 인형을 바라보며 따라 걸었다.

'마리오네트(Marionette)?'

3서클 마리오네트 마법은 마법사의 의지로 사물을 조종하는 능력으로, 숙련했을 경우 사람이나 능력자까지 자신의 마음대로 움직일 수 있는 마법이다.

인형은 방문 앞에 서서 창준을 기다리고 있다가 그가 다가오자 문을 열어줬다.

방으로 들어가자 휠체어에 앉아 있는 중년의 여인이 기품 있게 미소를 지으며 말했다.

"어서 오세요. 제가 몸이 좀 불편해서 인형을 보냈습니다. 첫 만남에 결례를 범한 것은 아닌지 걱정이군요."

여인의 말에도 창준은 대답하지 않았다. 그는 대단히 놀란 얼굴이 되어 멍하니 여인을 바라보고 있었다.

'7서클 마법사!'

창준은 그녀에게서 풍기는 마나를 느낄 수 있었다.

처음으로 보는 7서클 마법사의 위엄에 창준의 머리에 식은땀이 맺히기 시작했다.

*   *   *

창준을 안내한 인형은 1층으로 내려가기 위해서 계단을 걸어갔다.

1층에 있던 올리비아와 케이트는 어디로 갔는지 아까 서 있던 곳에 없었고, 인형은 주방으로 들어갔다.

주방에도 아무도 없었다.

인형은 익숙하고 능숙한 행동으로 홍차를 준비하기 시작했다.

티 포트에 찻잎을 넣어 끓이고 홍차를 준비한 인형이 찻잔을 꺼내 차를 따른 후 우유를 준비하기 위해 냉장고로 향했을 때다.

창가에 검은 인형이 나타났다.

제프리였다.

제프리가 살짝 열린 창문 사이로 검은색 가루가 들어 있는 유리병을 열어 보이자 검은색 가루가 마치 살아 있는 것처럼 유리병을 빠져나와 허공에서 두 갈래로 흩어지더니 인형이 준비한 찻잔으로 녹아들었다.

검은색 가루가 들어간 찻잔은 한순간 검은 빛을 미약하게 뿜어내고는 언제 그랬냐는 듯이 원래대로 돌아왔다.

그사이 인형이 냉장고에서 우유를 가져와 준비한 홍차와 함께 은제 쟁반에 올려 주방을 빠져나갔다.

창문 밖에서 그것을 보고 있던 제프리가 음험한 미소를 지었다.

* * *

"그렇게 서 있지 말고 이쪽으로 앉으세요."

중년의 여인이 창준을 보고 말했다. 그에 정신을 차린 창준은 반대편 의자에 앉으며 다시 그녀를 바라봤다.

이제 50대로 보이는 여인은 젊을 적 굉장한 미인이었을 듯 곱게 늙은 모습이다.

하지만 이 여인의 몸에 엄청난 거력이 숨어 있다는 걸 생각하면 묘하게 이질감이 들었다.

"멀리 한국에 계신 분을 여기까지 불러서 죄송하군요. 용건이 있으면 제가 찾아갔어야 하는데… 아무래도 제가 움직이기 힘들어서 결례를 범했어요."

"아닙니다. 당연히 제가 와야지요. 저는 창준 김이라고 하고 알스라고 부르기도 합니다."

아스란이 살던 세계에서도 7서클 마법사부터는 대마법사라고 할 수 있었다.

충분히 존경받을 만한 위치였다.

창준의 태도에 여인이 웃으며 말했다.

"반가워요, 알스. 저는 필리다 워커라고 해요."

"반갑습니다, 미세스 워커."

"그냥 필리다라고 불러도 돼요."

"아… 네, 필리다."

인사를 나눈 이후로 이런저런 사소한 얘기를 하면서 필리다의 푸근한 태도와 표정에 창준의 긴장감도 서서히 풀렸다.

"한국에서 아스란이라는 마법사에게 마법을 배웠다는 얘기를 들었어요. 맞나요?"

올리비아에게 창준이 한 거짓말을 들은 모양이다.

"맞습니다."

"흐음, 대체 누군지 모르겠군요. 제가 유럽 지역의 모든 마법사를 알고 있는 건 아니지만 그래도 당신과 같이 뛰어난 사람을 가르칠 정도로 유능한 마법사는 모두 알고 있는

데……."

창준은 필리다의 말에 속으로 움찔했다. 그리고 혹시나 자신이 거짓말을 했다는 걸 눈치챌까 조마조마했다. 하지만 그런 마음은 금방 사라졌다.

그녀가 눈치를 채더라도 상관없었다. 창준이 끝까지 자신은 아스란이라는 사람에게 배웠다고 우기면 어쩔 수 없는 일이었다.

어쩌겠는가? 이미 죽은 아스란을 찾아내서 물어볼 것도 아닌데 말이다.

"아무튼 그런 유능한 사람이 저희 쪽으로 오면 참 고마울 텐데… 어떤 서운한 일이 있어서 이곳을 떠난 것이 아니라면 좋겠군요."

"제 스승님에게서 마법협회에 서운한 감정이 있다는 얘기는 들어본 기억이 없습니다."

"그래요? 그렇다면 다행이군요. 언젠가 한번 만날 날이 오면 좋겠어요."

아마도 그녀가 죽기 전에는 그런 일이 없을 것이다.

그때 문이 열리며 창준을 안내한 인형이 홍차 두 잔을 가지고 들어와 탁자에 놔두고 나갔다.

"제가 좋아하는 홍차인데 입맛에 맞을지 모르겠군요."

"괜찮습니다."

어차피 창준은 홍차든 뭐든 차를 즐기는 부류의 사람이 아니었다. 심지어 커피도 그다지 마시지 않았다.

하지만 홍차를 들어서 필리다가 하듯 향을 맡아보니 폐부까지 향긋한 향이 스며드는 게 제법 만족스러웠다.

창준은 차를 한 모금 마셔보곤 입가에 미소를 지으며 말했다.

"맛있군요."

그의 말에 필리다 역시 차를 마시며 은은한 미소를 지었다.

창준이 반쯤 마신 차를 내려놓으며 물었다.

"그런데 왜 저를 만나자고 하신 겁니까?"

"그냥 보고 싶어서 불렀다고는 생각되지 않나요?"

"글쎄요. 별로 그럴 것 같지는 않군요. 만약 차 한잔 나누고 한담이나 하자고 저를 영국까지 부르신 거라면 조금 기분이 나쁠 것 같습니다."

창준은 거침이 없었다.

눈앞에 있는 필리다가 7서클 대마법사이고 그녀를 만나 이렇게 차 한잔이라도 나누고 싶어 하는 사람이 끝없이 줄을 서 있다고 해도 마찬가지다.

필리다는 미소를 지으며 찻잔을 내려놨다.

"마법진을 알고 계시더군요."

창준은 7서클 대마법사마저 마법진 때문에 이렇게 독대를 청했다는 게 조금 어이가 없었다.

'역시 마법진인가? 설마 마법진에 대한 지식을 모두 공유하기를 바라는 건 아니겠지?'

절대 그럴 생각은 없었다.

창준은 이기적인 사람은 아니다. 그렇지만 아무런 이유도 없이 자신이 가진 것을 무작정 퍼주는 사람도 아니었다.

만약 필리다가 그의 마법진에 대한 지식을 원한다면 그에 상응한 적절한 제시를 하라고 할 생각이다.

하지만 필리다의 입에서 나온 말은 그런 것이 아니었다.

"과거의 마법사들은 마법진을 사용할 수 있었어요. 혹시 아시나요?"

창준은 고개를 끄덕였다. 예전에 올리비아가 설명해 줬다.

"흑사병이 창궐하며 마법진에 대한 지식이 사라졌다고 들었습니다."

"올리비아에게 들은 모양이군요."

창준은 부정하지 않았다. 필리다가 그런 창준을 보며 고개를 흔들었다.

"그건 사실이 아니에요. 오히려 진실을 가리기 위해서 꾸

민 얘기이지요."

"…다 거짓말이라고요?"

"네, 거짓말이에요."

창준은 혼란스러웠다.

'대체 왜 그런 거짓을 사실처럼 전한 거지?'

필리다가 한숨을 내쉬며 말을 이었다.

"지금부터 제가 하는 말은 전 세계에서 몇 사람만 알고 있는 얘기예요. 아니, 어쩌면 이제는 저 혼자만 알고 있는 얘기일 수도 있어요."

"네? 아, 아니, 그런 중요한 얘기를 왜 저에게……."

"대단히 중요한 얘기지만, 당신은 이 얘기를 들어야 할 이유가 있어요. 그러니 거절하지 말고 잘 들어요."

창준은 필리다의 말에 조금 혼란스러웠지만 단호한 그녀의 말에 이내 고개를 끄덕였다.

"원래 마법은 여러 가지 형태로 전해져 내려오고 있었어요. 그런데 한 사람의 등장으로 마법의 체계가 완전히 바뀌게 되었어요. 그 사람이 누군지 아시겠죠?"

"…포레스트 존 브레이크 아닙니까?"

"맞아요."

올리비아에게 들은 얘기이다. 유럽의 마법은 포레스트 존 브레이크를 기점으로 구마법과 신마법으로 나뉘게 되었다고 했다.

"포레스트 존 브레이크, 불세출의 천재이자 현재의 마법 체계를 완성한 사람이죠. 그의 천재성은 감히 누구도 함부로 평가하지 못한다고 할 정도예요. 하지만 제 선조께서는 그런 포레스트에게 의구심을 갖고 있었어요. 아무리 천재라고 하더라도 마법이라는 학문을 새로이 정립하고 누구도 알지 못한 마법진이라는 걸 만들었다. 이게 무슨 말인지 이해할 수 있겠어요?"

"……."

"음악으로 예를 들자면 음악이 제대로 만들어지지도 않은 시기에 태어난 모차르트가 음표를 만들고, 음악을 만들고, 악기를 만들며, 교향곡과 소나타 등의 장르를 정립했다, 이 정도라고 생각되는군요. 아무리 천재라고 하더라도 이건 한없이 불가능에 가까워요."

창준은 필리다의 말에 고개를 끄덕였다.

마법은 아주 복잡하고 방대한 영역의 학문이다. 아무리 천재라고 하더라도 원래 존재하던 것을 가지고 하나의 체계를 만드는 거라면 모르겠으나 마법의 체계부터 주문, 발현법, 서클 등을 모두 혼자 만든다는 건 거의 불가능한 일이다.

"백번 양보해서 포레스트 존 브레이크가 정말 세상에 다시 나올 수 없다는 천재라고 가정해 보기도 했다고 해요. 그런데 그런 천재라고 하기에는 알 수 없는 미묘한 느낌이 심했다고 합니다. 그래서 언제부턴가 제 선조는 그를 감시 아닌 감시를 했다고 해요. 그리고 포레스트 존 브레이크가 생각하던 사람이 아니라는 걸 알게 되었어요."

필리다의 말에 따르면 그녀의 선조는 포레스트 존 브레이크를 감시하면서 그가 자신들에게 알려준 마법과 다른 체계의 마법을 익히는 걸 확인했다고 한다.

여기까지는 큰 문제가 없었다. 다른 마법 체계를 익히면 안 된다면 규율이 있는 것도 아니었으니까. 어차피 그가 정립한 마법 체계가 아닌가.

하지만 큰 문제는 그가 사람을 제물로 사용해 불길한 무언가의 힘을 빌리기 시작했단 사실이었다.

'흑마법사가 되었다는 말인가?'

아스란이 남긴 유산에 따르면 흑마법사가 되기 위해 사람을 제물로 사용하여 마신의 힘을 받는 것에 대한 얘기가 있었다.

"포레스트 존 브레이크가 행하는 패악은 거기서 멈추지 않았어요. 확증은 없지만 흑사병도 그가 만들어 뿌린 것이라는 의혹이 있다고 했으니까요."

흑마법사의 특기 중 하나가 질병과 독인만큼 아마 틀린

말은 아닐 수 있다.

'그리고 질병으로 죽은 사람은 모두 마신에게서 어떤 힘을 받는 용도로 사용했겠지.'

과거 흑사병으로 사망한 사람의 숫자가 최소 2,500만 명에서 6,000만 명에 달한다는 얘기를 들은 기억이 있다.

그 많은 사람들이 포레스트가 만든 질병으로 인해 죽은 것이라면 대체 그가 무엇을 얻었을지 감도 잡히지 않았다.

포레스트는 그 후 전 유럽에 있는 마법사들의 합공을 받아 자취를 감췄다고 한다. 하지만 아직까지 그가 죽었다는 얘기는 없다는 것이다.

"그럼 아직도 살아 있을 수 있다는 말입니까?"

"몰라요. 단지 그가 죽었다는 사실을 확인하지 못했다는 것뿐이니까요. 하지만 요즘 세상을 시끄럽게 만드는 유전자 변형 마약도 그렇고 당신을 습격한 의문의 존재들을 생각하면… 죽지 않았다고 하더라도 최소한 후계는 남긴 모양이더군요."

창준은 잠시 정리를 해봤다.

포레스트 존 브레이크의 정체가 무언지는 모른다. 하지만 그가 과거 보여줬다는 능력은 그가 홀로 만들어냈다고 하기에는 말이 안 되었다.

백번 양보해서 마법 체계까지는 그렇다고 하겠다. 그런데 흑마법까지 스스로 발견하고 사람들을 제물로 바쳐가며 마법을 익혔다는 부분은 이해할 수 없었다.

'이건 아스란의 세계에 있던 지식과 겹치는 부분이 너무 많은데……'

창준은 머리가 복잡해졌다. 정말 아무런 기대도 하지 않고 만났는데 자신을 습격한 흑마법사에 대한 정보를 얻었다. 그리고 필리다는 모르는 일이나 창준은 무언가 또 다른 것을 얻었다.

이건 대단히 중요한 정보였다. 그렇다면 필리다는 이런 중요한 정보를 왜 자신에게 얘기해 준 것일까?

"저에게 바라는 것이 무엇입니까?"

"아무것도 없어요."

"그렇다면 왜 이런 얘기를 저에게 하는 겁니까? 단지 모종의 습격을 받아서?"

필리다는 남은 홍차로 입을 축였다.

"그것도 이유 중의 하나이지만, 결정적인 이유는 당신이 마법진을 알고 있기 때문이에요."

"그게 무슨 상관입니까?"

"과거 포레스트 존 브레이크는 마법진을 알고 있는 사람을 모두 죽였어요. 그리고 그런 말을 했다고 해요. 이제 마법진을 알고 있는 사람이 없으니 일이 수월해질 것이라고."

유전자 변형 마약을 만들기 전에는 무엇을 또 했는지 모른다.

실제로 창준이 마법진을 알고 있음으로 인해 해독제도 만들지 않았는가.

필리다의 얘기는 그저 지나간 옛이야기라고 치부하기 어려웠다. 아무래도 암중에 있다고 생각하는 흑마법사가 포레스트일 것 같은 느낌이 들었다.

'그렇다면 왜 그동안 전면으로 나서지 않았던 거지? 대체 무슨 일을 벌이려고……'

아스란이 남긴 자료에 의하면 흑마법사가 원하는 것은 여러 가지가 있었다.

마신을 강림시키는 것이 목적인 경우도 있고, 세상의 파멸을 원하는 경우도 있으며, 영생을 원하는 경우도 있었다.

목적을 유추하기에는 정보가 너무나 부족했다. 그럼에도 확실한 건 그가 추구하는 것이 세상에 큰 혼란을 일으킬 것이라는 사실이다.

창준은 더 깊이 생각하지 않고 필리다를 바라봤다.

"저에게 이런 얘기를 해주는 이유가… 마법진을 더 공유하기를 바라기 때문입니까?"

"그건 당신이 알아서 할 일이지요. 그리고 고위급 마법진은 아니지만 기본이 되는 마법진은 이미 공유했다고 들었습니다. 기초에 불과할 뿐이지만 그걸 기반으로 연구하면 고위 마법진은 알아서 발전할 거라고 생각해요."

"그러면 왜 이런 얘기를 저에게 했습니까?"

"저는 당신이 마법진을 알고 있다고 했을 때 두 가지 가능성을 봤어요. 하나는 당신이 흑마법사의 수하일 경우, 다른 하나는 그에 대적할 사람일 경우이지요. 흑마법사의 습격을 받았다는 사실을 놓고 보면 후자일 가능성이 높겠더군요. 그러면 저희는 같은 적을 상대하고 있는 것일 테니 당신은 이 얘기를 들을 자격이 있어요. 그리고 적이 누군지 알아야 대응할 수 있겠다는 계산이기도 하고요."

필리다는 솔직했다. 딱히 바라는 것 없이 이런 사정을 설명해 준다는 건 그녀가 말한 것처럼 공동의 적을 효율적으로 상대하자는 얘기일 테니까.

"그러면 우리는 앞으로 동료라고 할 수 있겠군요."

"그렇게 받아들여 주면 고맙지요."

필리다의 미소를 보며 창준은 남은 홍차를 단번에 마셔 버렸다.

"더 하실 얘기가 있습니까?"

"지금은 없어요. 이제 돌아가시게요?"

"네, 이제 슬슬 돌아가야지요."

"궁금한 건 없어요? 이제 동료가 됐으니 궁금한 게 있으면 뭐든지 물어보셔도 되는데요."

없다고 대답하려던 창준은 잠시 고민하다가 물었다.

"7서클, 어떻게 오르신 겁니까?"

창준의 말에 필리다의 미소가 짙어졌다. 마치 그걸 물어볼 줄 알았다는 표정이다.

"이제 6서클에 오르신 모양이군요."

"…그냥 궁금해서 묻는 거라는 생각은 들지 않습니까?"

"만약 그랬으면 6서클은 어떻게 오르는 거냐고 물었겠지요."

할 말이 없어진 창준이 입맛을 다셨다.

그걸 본 필리다가 작게 웃음을 터뜨렸다.

"너무 순진하시네요. 대답을 하지 않아도 표정에서 다 보여요."

"이런, 포커페이스를 좀 연습해야겠네요."

투덜거리듯이 말하는 창준을 자애로운 눈으로 바라보던 필리다가 남은 홍차를 다 마시고 입을 열었다.

"사실 2층에 올라오실 때부터 당신이 6서클이라는 건 알고 있었어요."

그럴 수 있었다. 상위 마법사는 하위 마법사의 능력을 더 손쉽게 파악할 수 있으니까.

"그래서… 저에게 7서클로 올라갈 수 있는 해답을 줄 수 있습니까?"

"안타깝지만… 제가 당신에게 해줄 수 있는 말이 없군요."

창준의 얼굴이 굳었다.

그걸 본 필리다가 말을 이었다.

"이건 말할 수 없다거나 기밀을 지켜야 한다는 수준의 이야기가 아니에요. 하나의 벽을 넘는 건 그렇게 해답이 존재하는 게 아니니까요."

"……."

"제가 봤을 때 당신은 언제든지 7서클로 올라갈 수 있는 기반이 마련되어 있어요. 그리고 그런 사람은 당신만이 아니에요. 유럽 마법사들 가운데 다수의 사람이 당신처럼 언제든지 7서클에 올라간 준비가 되어 있지요. 그들도 당신처럼 저를 찾아와 말하고는 해요. 7서클로 올라갈 수 있는 방법을 알려달라고."

"……."

"하지만 정확히 똑같이 말해주고는 하지요. 방법이 없다고 말이죠. 조언이라면 해드릴 수 있어요. 자신을 바라봐요. 그러면 자신에게 필요한 것이 무엇인지 알 수 있을 거예요."

필리다의 말에 창준은 한숨을 내쉬었다.

"그러면 당신은 어떻게 7서클에 올랐습니까?"

"정말 별것 없어요. 저는 그저 요리를 하다가 모든 음식은 조화를 이뤄야 한다는 걸 깨달은 순간 7서클로 올랐어요."

창준은 그녀의 말을 곱씹어봤지만 딱히 느껴지는 것은 없었다.

자신이 배운 마법은 필리다가 배운 마법과 다르다. 그렇기에 정말 간단한 힌트만이라도 듣기를 원했다.

'아스란의 남긴 것에 따르면 8서클까지는 무난하게 오를 것이라고 했는데…….'

왜 자신이 7서클도 오르지 못하고 있는지 알 수 없었다.

"어쨌든 감사합니다."

"도움이 되지도 못했는데요."

"그래도 도와주시려고 했으니까요. 거기다가 다른 사람들에게 비밀인 이야기도 해주셨고. 저는 고마울 따름이죠."

"그렇다면 다행이군요."

드르륵.

창준이 방에서 나가려고 하자 인형이 들어와 필리다의 휠체어를 밀고 그를 따라 나왔다. 배웅을 하려는 것이다.

두 사람이 나간 방에는 빈 홍차 잔만이 남아 있었다.

CHAPTER
09

음모의 시작

"좋은 시간이었나요?"

다시 호텔로 향하는 차를 타고 이동하던 중 올리비아가 창준에게 물었다.

"네, 재미있는 얘기를 많이 해주시더군요."

"그래요? 저희 마법협회에서 가장 뛰어난 능력을 가진 분이라 이분을 만나고 싶다는 사람이 무척 많아요. 하지만 사람을 많이 만나시는 분이 아니라서 직접 만난 사람은 거의 없지요. 어떤 얘기를 들었어요?"

"오래된 얘기들이었습니다."

창준의 대답에서 말할 수 없다는 분위기를 읽은 올리비아는 더 이상 묻지 않았다.

창밖을 바라보는 창준의 얼굴은 그다지 밝지 않았다.

'답답하군.'

상대가 누군지, 어디에 있는지, 원하는 것은 무엇인지 아무것도 모른다는 사실에 답답한 마음이 들었다. 마치 한 치 앞도 안 보이는 어둠 속을 더듬거리며 걸어가는 느낌이다.

조수석에 앉아 있는 올리비아는 창준의 그런 표정을 읽을 수 없었지만 케이트는 창준이 어떤 마음인지 파악할 수 있었다.

게이트가 창준의 손을 꼭 잡았다.

창밖을 바라보던 창준이 그녀를 바라봤다. 여전히 무표정한 얼굴이지만, 그녀의 행동에서 자신의 감정을 눈치채고 격려한다는 걸 알았다.

피식 웃은 창준은 같이 그녀가 잡은 손을 꼭 잡았다.

올리비아가 다시 물었다.

"한국으로는 언제 떠날 예정이세요?"

"글쎄요. 내일이나 모레쯤엔 가야겠죠?"

"그렇게 빨리요? 한국에 바쁜 일이 있는 거예요?"

"딱히 그런 것은 없지만……."

"그러면 며칠만 더 영국에 있어요. 언제 다시 방문할지 모르는데 이번 기회에 영국 관광이나 하자고요. 제가 관광 명소를 직접 소개해 드릴게요."

창준의 말을 끊고 물어보는 올리비아의 적극적인 태도에 조금은 얼떨떨했다.

"바쁘지 않아요? MI5에서 일하시잖아요."

"물론 바쁘죠. 그렇지만 당신을 위해서 시간을 내주겠다는 거예요."

"네?"

먼저 말하지도 않은 관광을 시켜주겠다면서 바쁘다고 말하는 올리비아의 말에 창준이 조금 어이없다는 시선을 보냈다. 하지만 그녀가 웃는 걸 보고 농담했다는 걸 알았다.

"농담이에요. 제가 바쁜 걸 신경 쓸 필요는 없어요. 덕분에 며칠 편하게 지내는 핑계가 되잖아요."

"일단 스케줄을 좀 확인해 봐야겠군요."

창준이 직접 할 건 아니다. 당연히 케이트가 한다.

물론 창준에게 어떤 스케줄이 있는 것은 아니다. 하지만 일정에 관련된 것은 거의 케이트와 함께 논의했다.

만약 케이트가 서둘러 한국에 들어가 처리할 일이 있다고 하면 어떻겠는가?

그녀만 한국으로 돌아가라고 할 수는 없었다. 아무리 이제야 연애를 제대로 해보는 창준이지만, 그렇게 했을 경우 케이트가 엄청 화가 날 것이란 건 굳이 경험해 보지 않아도 알 수 있는 일이었다.

"그럼 스케줄 확인하고 얘기해 주세요. 며칠 더 있겠다면 영국 음식이 맛없다는 편견까지 모두 바꿔드리지요."

올리비아가 그렇게 말했으나 피쉬 앤드 칩스를 먹어본 창준은 별로 인식이 바뀔 것 같지는 않다고 생각했다.

이런 얘기를 하는 사이 차는 호텔에 도착했고, 창준과 케이트는 방으로 올라갔다.

창준은 지친 표정으로 소파에 털썩 주저앉았다. 실제로 피곤해서 그런 것은 아니었다. 단지 필리다에게 들은 얘기와 앞으로 일어날 일에 대비해 준비할 일들이 머리를 아프게 만들었을 뿐이다.

'가장 급한 건 7서클에 도달하는 거야. 그것을 못 한다면 모든 가정이 필요 없어.'

이전까지는 그저 이런 사람이 있구나 하는 정도로 알고 있던 이름이다. 지금까지 기억하고 있는 것도 신기할 정도라고 할 수 있었다.

다시는 듣지 못할 거라고 생각한 이름을 이런 식으로 들으니 고민이 더욱 많아졌다.

호문클루스를 기준 삼아 암중에 숨어 있는 흑마법사를 7서클 수준이라고 가정했다. 하지만 호문클루스를 만든 것이 포레스트라면 7서클은 최소라고 생각해야 맞았다.

'어쩌면 9서클에 도달했을지도…….'

이런 생각을 하면서도 그렇지는 않을 것이라고 생각했다. 9서클 대마법사라는 말은 마법의 경지는 물론 마법을 사용하는 사용자의 의식마저 인간을 뛰어넘는 수준이다.

실제 아스란이 9서클 마법을 사용하기는 했지만, 엄밀하게 말하면 아스란은 우회적으로 9서클 마법을 사용한 것이다. 만약 완벽하게 9서클을 이뤘다면 인간 세상에 더 이상 미련이 남지 않은 초월자가 되었을 터이다.

이런 복잡한 생각으로 머리를 굴리고 있는 창준의 뒤에서 케이트가 살며시 목을 끌어안았다.

"응? 왜요?"

창준의 물음에도 케이트는 대답하지 않았다. 그저 그의 목을 더 꼭 끌어안을 뿐이다.

아무런 말도 하지 않았지만 케이트가 왜 이런 행동을 하는지 짐작되었다.

무슨 얘기를 듣고 온 것인지 물어보지도 않았다. 그저 창준에게 위안이 되도록 그의 온기만 느끼고 있다.

그녀의 따뜻한 마음이 전해져 온 창준은 목을 끌어안고 있는 케이트의 팔을 쓰다듬다가 이내 일어서서 와락 끌어안았다.

"너무 걱정하지 말라는 말이죠? 알았어요."

창준은 케이트의 입술에 짧게 입맞춤을 하고는 그녀를 번쩍 들어 올렸다.

인간의 한계를 뛰어넘은 창준이기에 케이트의 몸무게가 부담되지는 않았다. 설사 그가 평범한 사람이었다고 해도 몸에 군살이라고는 없는 케이트이니 무거울 리 없었다.

두 사람은 침실로 들어가 문을 닫았다.

*　　　*　　　*

필리다가 있는 런던 교외의 고풍스러운 저택.

한 사람을 제외하고 아무도 살고 있지 않아서일까? 창준 일행이 떠난 저택은 을씨년스러운 분위기를 풍기고 있었다.

풀벌레가 우는 소리 외에는 정적만이 흐르는 이곳에 홀연히 한 사내가 나타났다.

검은 정장을 입고 검은 중절모를 쓴 사내는 모자가 만들어낸 그늘 때문에 얼굴이 보이지 않았다.

익숙한 듯이 움직인 사내가 저택으로 들어갔다.

저택 안에는 여전히 아무도 보이지 않았다. 심지어 창준을 안내한 인형도 보이지 않았다.

사내는 천천히 2층 계단을 올라 정확히 창준이 필리다를 만난 방으로 향했다.

철컥!

문을 열고 들어가자 휠체어에 앉아서 창밖을 바라보고 있는 필리다의 뒷모습이 보였다.

"초대하지 않은 손님은 오랜만이군요. 워낙 질색이라 언제부턴가 그런 사람들이 없어졌는데 말이지요."

"안면이 없는 사이는 아니니 다행입니다."

사내가 모자를 벗었다.

제프리였다.

창문에 비친 제프리를 보며 필리다가 물었다.

"MI6에서 찾아온 건 아닐 텐데요. 애초에 MI6에서 왔으면 이 시간에 왔을 리도 없지만."

"짐작하고 있을지는 모르지만 당신을 편히 쉬도록 하기 위해 왔습니다."

"…이건 더 오랜만이군요. 냉전시대가 지나고 저를 노리는 사람을 만난 것이."

"그만큼 당신이 보여준 능력이 대단했으니까요."

"그러면 당신은 저를 죽일 수 있다는 건가요?"

"원래대로라면 불가능했겠지요. 하지만 지금은… 이렇게 목을 비트는 정도면 가능할 겁니다."

제프리는 목을 비트는 시늉을 하며 비열하게 웃었다. 그걸 본 필리다가 싸늘한 미소로 화답했다.

"과연 그럴까요?"

탁!

휠체어의 팔걸이를 가볍게 치자 문이 벌컥 열리며 창준을 안내한 인형이 들어와 제프리를 향해 달려들었다.

마리오네트 마법을 사용하면 마법사의 능력에 따라 기사급 힘을 발휘하고는 한다.

7서클 대마법사인 필리다의 인형은 그녀의 드높은 경지으로 인해 기사급을 초월한 움직임을 보이고 있었다.

하지만 제프리는 자신의 등을 향해 달려드는 인형을 보지도 않고 가볍게 발을 굴렀다.

쿵!

가볍게 발을 굴렀을 뿐이지만 그와 함께 일어난 기파는 가볍지 않았다. 그 기파에 휩쓸린 인형은 번개에 맞은 것처럼 부르르 떨더니 풀썩 바닥에 나동그라졌다.

그걸 본 필리다의 얼굴이 심각하게 변했다.

"당신… 제프리가 맞나요?"

"아닌 것 같습니까?"

"내가 알고 있는 제프리는 마법을 사용할 수 없어요. 당신이 사용하는 마나는… 사특하군요."

필리다의 말에 제프리가 흉측하게 웃었다.

"그래, 나는 마법을 사용할 수 없었다. 그래서 배웠지."

마법은 배우려고 한다고 배울 수 있는 것이 아니다. 마나 감응 능력이 일반인 수준이라면 절대로 배울 수 없는 게 마법이었다.

필리다가 알기로 제프리는 마법을 배울 수 없는 사람이었다. 그런데 하위 마법이기는 하지만 겨우 기파만으로 마법을 해지할 정도의 마나를 얻었다는 게 믿을 수 없었다.

'이게 가능하다면… 그런 존재는 하나뿐.'

"무슨 대가를 치렀기에 포레스트 존 브레이크가 그런 힘을 준 것인가요?"

"그게 누구지?"

제프리는 무슨 말이냐는 듯이 물었다. 하지만 순간적으로 그의 눈썹이 흔들리는 걸 필리다는 놓치지 않았다.

필리다가 희미하게 미소 짓는 것을 본 제프리는 그녀가 자신의 표정을 보고 눈치챘다는 걸 알았다.

"어떻게 알았지?"

"꽤 많은 사람이 포레스트가 살아 있다는 걸 알고 있어요. 그런 힘을 줄 수 있는 건 포레스트 정도가 아니고는 힘들지요."

필리다의 말에 제프리는 속아 넘어가지 않았다.

"아무리 마법협회 쪽에 접근하지 못하게 했다고 하더라도 마스터에 대해 그렇게 널리 알려졌을 리가 없지. 차라리 혼자 알고 있다고 하면 믿겠지만."

서로에 대해서 하나씩 정보를 얻었다. 누가 이겼다고 할 수 없는 상황이다.

하지만 두 사람 모두 여유가 있었다. 서로 자신이 질 상황이 아니라고 생각하고 있기 때문이다.

"당신에게 더 많은 얘기를 들을 수 있을 것 같군요."

그런 경향은 특히 필리다가 더욱 강했다. 7서클 대마법사로 유럽의 마법사들에게 온갖 경의를 받아온 그녀였으니 당연했다.

제프리는 그런 필리다를 비웃는 얼굴로 바라봤다.

"너무 자신을 믿고 있는 것 같군. 잘 생각해 봐. 내가 여기서 잡히든지 죽을 것 같으면 왜 나타났겠나?"

"저도 궁금해요. 설마 나를 진짜 죽일 수 있다고 생각한 건가요?"

그녀가 잘 모르는 이종의 마나를 사용한 제프리였다. 그러나 방금 그가 마리오네트 마법을 상대하기 위해서 뿜은 기파를 생각하면 자신이 있었다. 그때 보여준 힘이 전부가 아니라고 하더라도 말이다.

"정상적인 상황이라면 절대 죽일 수 없지. 정확하게는 내가 도망을 쳐야 한다고 할 수 있겠군. 하지만 지금은 달라."

"그게 무슨……?"

제프리가 손가락을 튕겼다.

딱!

그 순간 필리다는 자신의 내부에서 어떤 폭발과 같은 것이 일어난 느낌을 받았다. 그것은 순식간에 치솟아 그녀가 이루고 있는 마나 서클을 뒤흔들고 멈추도록 만들었다.

초인적인 인내심으로 신음은 흘리지 않았지만 그녀의 얼굴이 백지장처럼 창백해지는 것은 막을 수 없었다.

그걸 본 제프리가 크게 웃었다.

"으하하하! 이제 알겠나, 네가 왜 절대 살아날 수 없는지?"

"…대체 무슨 짓을……?"

"다크 더스트(Dark Dust)라는 것이다. 죽으러 가는 길에 무엇이 너를 죽였는지 정도는 알고 있어야지."

다크 더스트.

아스란이 있던 세계에서 흑마법사가 원소마법사를 죽이기 위해 사용하던 방법 중 하나이다.

마기를 마법진을 통해 가공하면 다크 더스트라는 것을 얻을 수 있는데, 이것을 복용하면 원소마법사는 마나가 고정되어 마법을 사용할 수 없게 된다. 뿐만 아니라 독성까지 있어서 해독을 하지 않으면 서서히 죽어간다.

이렇게 효과적인 다크 더스트였으나 아스란의 세계에서도 이것을 보는 것은 상당히 힘든 일이었다.

일단 이것을 만들려면 7서클 흑마법사 이상의 실력이 있어야 했고, 제작하기 위해서 들어가는 비용도 어마어마했다. 뿐만 아니라 한 번 다크 더스트를 만들고 나면 7서클 흑마법사라 하더라도 일주일은 거동을 못 할 정도로 기력을 소모했다. 그리고 만들어진 결과물은 극히 미량이라 간신히 한두 사람에게 쓸 정도밖에 되지 않았다.

이런 리스크가 없었다고 한다면 다크 더스트만큼 원소마법사를 저격하기에 좋은 물건이 없는 만큼 아스란의 세계에서 마법사들이 떼죽음을 당했을 것이다.

필리다는 다크 더스트라는 것이 무엇인지 몰랐다. 이름조차도 처음 들어보는데 그것이 무엇인지 어떻게 알겠는가.

하지만 자신의 몸속에서 일어나는 일은 충분히 인지하고 있었다.

이종의 기운이 자신의 마나 서클을 봉인하여 꿈쩍도 하지 않았고 서서히 장기는 독성에 물들어가고 있었다. 이대로 있으면 제프리의 말처럼 죽음밖에 남지 않을 것이다.

제프리는 여유가 만만했다.

"이제 슬슬 늙은 목숨을 거둘 시간이군."

"그렇겠군요. 이렇게 마나가 봉쇄될 줄은 몰랐으니까요."

너무나 담담하게 자신의 죽음을 인정하는 필리다의 태도에 제프리는 뭔가 찜찜한 기분이 들었다.

"그 태도는 뭐지?"

"어쩔 수 없는 일이 벌어졌으니 현실을 인정하고 있는 중이라고 해야겠지요."

뭔가 이상하게 느껴지기는 했으나 분명 다크 더스트는 제대로 움직이고 있었다. 필리다는 어떤 행동도 할 수 없다는 확신이 들었다.

"그럼 잘 가시오. 다크 소드(Dark Sword)."

제프리의 마법이 발현되자 필리다의 머리 위로 검은 검이 나타나더니 그녀를 향해 떨어졌다. 하지만 무력하게 당할 것 같던 필리다가 휠체어를 툭 긴드리자 그녀를 감싸는 실드가 나타나 그녀를 보호했다.

그리고 연이어 휠체어에서 빛이 번쩍였다. 또 다른 어떤 마법이 펼쳐지려는 것이다.

크게 놀란 제프리는 마법을 쓸 틈도 없이 황급히 품에서 단검을 뽑아 필리다의 가슴에 쑤셔 박았다.

푹!

실드 마법은 일회성이었는지 방금 전 그의 마법을 막던 것과 다르게 필리다는 제프리의 공격을 막지 못했다.

그와 동시에 빛을 뿜던 휠체어가 원래대로 돌아가는 듯 싶더니 작은 빛 덩이 하나가 튀어나와 창문 밖으로 날아갔다.

제프리는 그것이 무엇인지 알았다.

"메시지 마법?"

"쿨럭! 맞아요. 이제 저를 죽인 사람이 누군지 알리는 메시지 마법이지요."

얼굴에서 생기가 빠져나가는 필리다가 힘겹게 말하며 미소를 지었다.

"거짓말! 메시지 마법은 미리 지정한 문장만 보낼 수 있다는 걸 내가 모를 줄 알고!"

필리다는 소리치는 제프리의 얼굴을 향해 입김을 훅 내뿜었다. 그러자 그녀의 입에서 분홍빛 입김이 튀어나와 그의 얼굴을 뒤덮더니 사라졌다.

깜짝 놀란 제프리가 다시 한 번 단검을 찌르려고 했지만 이미 필리다는 죽은 이후였다.

마지막으로 필리다가 자신을 향해 내뿜은 입김이 무엇인지 알 수 없던 제프리는 마기를 사용해 전신을 둘러봤지만 딱히 어떤 이상은 없었다.

그럼에도 무언가 찜찜했으나 지금은 그걸 생각할 때가 아니었다.

서둘러야 했다. 누군가에게 메시지가 전해졌다면 금방 이곳으로 사람들이 들이닥칠 것이다. 사람들이 이곳에 도착하기 전에 작업을 마쳐야 했다. 다음 계획을 위해서 말이다.

작업을 마칠 때까지 걸린 시간은 불과 2~3분에 지나지 않았다.

모든 일을 마친 제프리는 마지막으로 점검을 해보고 서둘러 저택을 나와 어디론가 사라졌다.

이제 준비한 결과를 기다리기만 하면 되었다.

*　　　*　　　*

바쁘게 보낸 하루를 마감하려던 올리비아는 느닷없이 날아온 메시지 마법을 받고 소스라치게 놀랐다.

─식별마법 확인 요망.

간단한 메시지.

하지만 이걸 보낸 사람이 필리다라는 것을 아는 올리비아는 손발이 부들부들 떨려왔다.

절대로 죽을 거라 생각하지 못한 사람이 바로 필리다였

다. 비록 자신의 나이가 훨씬 어리기는 하나 필리다보다 오래 살지 못할 거라고 생각했다. 이미 그녀는 7서클에 오른 초인이니까.

그런데 그런 필리다가 보낸 메시지는 정신이 아찔하도록 만들었다.

이건 보험과 같은 것이었다.

창준이 건네준 마법진을 연구하다가 최근에 만든 알람 마법과 메시지 마법을 연계한 마법진이었는데, 이것을 필리다의 휠체어에 은밀히 새겨놨었다. 그리고 실드 마법진까지 덧붙여서.

만약 마법을 사용할 수 없을 정도로 큰 문제가 발생했을 때 사용하려는 것이었다.

메시지 마법은 이미 지정된 메시지만 발송하는 것이기에 안타깝게도 흉수에 대한 정보는 없었다. 급박한 상황에서 마법진을 수정할 수 없을 것이기에 메시지는 이와 같이 정해졌었다.

7서클 대마법사가 마법을 사용할 수 없는 일이 발생할 거라고는 생각하지 않았다. 그렇기에 그저 보험이라고 생각했다.

그런데 이게 실제로 날아오다니 믿을 수 없었다.

부들부들 떨던 올리비아는 이내 정신을 차리고 서둘러

리처드에게 연락했다.

*　　　*　　　*

리처드가 올리비아의 연락을 받고 그녀와 함께 필리다가 있는 저택에 도착했을 때는 이미 소총 등으로 중무장한 인원과 요원으로 위장하고 있던 마법사들이 철통같이 보호하고 있었다.

리처드가 절대 내부로 진입하지 말라는 엄명을 내려놨기에 현장은 아무도 들어가지 않은 상태였다.

저택에 도착한 리처드와 올리비아는 요원으로 위장한 몇 명의 마법사와 함께 내부로 들어가 필리다가 죽어 있는 방으로 향했다.

필리다의 주검을 확인한 올리비아는 두 손으로 입을 막고 자신도 모르게 신음성을 내뱉었다.

"말도… 안 돼."

메시지 마법을 받기는 했지만 뭔가 오류가 있을지도 모른다고 생각했다. 하지만 그녀의 눈에 필리다의 주검이 보이자 모두 사실임을 인정해야 했다.

잠시 넋이 나간 듯한 올리비아와 달리 리처드의 눈은 냉정했다.

"범인이 누군지 확인해 보도록."

그 말에 마법사 중 한 명이 어떤 마법을 준비하기 시작하고 다른 한 명은 장갑을 낀 손으로 필리다의 가슴에 박힌 단검 손잡이에서 지문을 떠 휴대용 감식 도구로 검색을 시작했다.

준비하던 마법이 완료되기 전에 지문 결과가 먼저 나왔다.

리처드는 결과가 인출되는 작은 디스플레이를 보며 얼굴이 딱딱하게 굳어갔다.

"알스……."

디스플레이에는 창준의 얼굴과 프로필이 나타나고 있었다.

넋이 나간 듯한 올리비아는 리처드의 신음성과 같은 소리를 듣고 소스라치게 놀라며 발작적으로 소리쳤다.

"말도 안 돼요! 알스가, 알스가 왜 필리다 미세스 워커를……!"

"진정해라. 겨우 지문일 뿐이야. 아직 아무것도 확신할 수 없다."

여전히 냉정한 리처드의 말에 올리비아는 입을 다물었다.

이전까지는 지문이나 유전자 등의 증거를 수집해서 범인

을 특정 지었다. 하지만 여기에 마법사가 사용하는 마법이 들어가면 범인을 찾는 건 더 간단해진다.

"준비가 끝났습니다."

마법사 하나가 수정구를 꺼내며 마법을 사용했다. 그가 사용한 마법은 현재 있는 공간에서 벌어진 일을 다시 보여 주는 마법이다. 제약이 많은 마법이기는 하지만 하루 사이에 일어난 일을 그대로 보여주었다.

수정구가 밝게 빛나기 시작하더니 필리다와 남자 하나가 비춰졌다.

"마, 맙소사!"

올리비아가 믿을 수 없다는 눈으로 수정구를 바라봤다. 수정구에서는 창준이 필리다의 가슴에 단검을 꽂는 모습이 나오고 있었다.

제프리에서 창준으로 모습만 바뀌었을 뿐 다른 모든 것은 똑같았다.

올리비아는 필리다가 죽기 전 창준으로 보이는 사내의 얼굴에 분홍색 입김을 내뱉는 걸 보고는 조금이나마 정신을 차렸다.

'저건… 미세스 워커가 알려준…….'

필리다는 올리비아를 대단히 아꼈다. 올리비아가 마법적인 재능은 물론 싹싹한 모습을 보이며 자식이 없는 필리다에게 마치 친손녀처럼 살갑게 대했기 때문이다.

그렇기 때문에 필리다는 올리비아에게 많은 것을 알려주고 도와줬다. 그리고 그녀가 알려준 것 중에 하나가 바로 잊힌 고대 마법이었다.

포레스트가 새로운 마법 체계를 만든 이후 거의 대부분이 없어지기는 했다. 그러나 아직 소소한 몇 가지 마법은 남아 있었다.

필리다가 사용한 것은 그것들 중 하나인 식별마법이었다. 다행히 미리 정했던 것처럼 식별마법은 사용할 수 있었던 모양이었다.

올리비아가 그것을 떠올리고 있을 때, 수정구를 지그시 보고 있던 리처드가 나지막한 목소리로 말했다.

"지금 알스, 아니, 창준 김이 어디에 있는 찾아보도록."

"그 역시 마법사로 알고 있습니다. 만약 저항한다면 어떻게 합니까?"

"…일단은 정중히 데리고 오도록 하고, 저항한다면 사살하지 않는 선에서 잡도록 한다."

"아버지!"

리처드의 말을 들은 올리비아가 소리쳤으나 리처드의 명을 받은 마법사는 방을 나서고 있었다.

"이, 이건 아니라고 봐요! 그는 영국에 호의적인 사람이라고요!"

"나도 그렇게 생각한다. 하지만 지금 벌어진 상황을 보면 그가 보인 모습들이 거짓일 수 있다는 생각이 든다."

"뭔가 잘못되었어요! 그가 미세스 워커를 죽일 리가 없다고요! 이런 일을 벌인다고 그에게 무슨 이익이……."

"나도 모른다. 그러니 그를 데리고 오라고 한 것 아니더냐."

"반항하면 사살하지 않는 선에서 잡으라면서요!"

"그가 반항을 하지 않으면 되는 일이다."

"미스 워커는 살해당하시기 전에 식별마법을 사용하셨어요. 확실하게 하려면 먼저 그것부터 확인하시는 것이……."

"일단 도주하지 못하도록 신변 확보가 제일 중요한 일이겠지. 그런 상황에서 그가 도주를 하려고 한다면… 우리는 힘으로 제압을 할 수 밖에 없다. 이건 네가 아무리 뭐라고 하더라도 어쩔 수 없어. 계속 이런 식으로 나오면 너를 이 사건에서 배제하겠다."

단호한 리처드의 모습에 올리비아는 더 이상 뭐라 말할 수 없었다.

아무리 생각해도 뭔가 잘못되었다. 창준이 필리다를 왜 죽이겠는가?

하지만 수정구를 통해 보인 모습은 분명 창준이 맞았다.

이곳에 있는 기억을 다시 불러들이는 마법은 조작할 수 없었다.

'기억 조작은 이 마법을 만든 포레스트 존 브레이크가 아니면 할 수 없는 일이지만⋯ 난 믿을 수 없어.'

올리비아는 혼란스러운 머리를 부여잡고 입술을 꼭 깨물었다.

CHAPTER
10

습격

ALCHEMIST

잠을 자던 창준은 미묘한 감각을 느꼈다. 하지만 눈을 뜨고 싶지는 않았다.

오늘은 너무 피곤한 하루였다. 그래서 완전히 죽은 듯이 잠을 자고 싶었다. 심지어 꿈조차 꾸고 싶지 않을 정도로.

자신의 품에 있는 케이트의 온기를 느끼며 그녀를 꼭 끌어안았다. 다시 잠들고 싶었다.

하지만 그가 느끼던 미묘한 감각은 점점 강해졌다. 도저히 잠을 잘 수 없을 정도로.

미간을 잔뜩 찌푸린 창준의 귀에 작은 소리가 들렸다.

끼릭!

그와 동시에 미묘한 감각이 강해졌다. 그 미묘한 감각이 무엇인지 깨달은 창준은 눈을 번쩍 뜰 수밖에 없었다.

'살기!'

눈을 뜨자 한 사내가 침대 옆에서 소음기를 장착한 권총을 내밀고 방아쇠를 당기고 있는 모습이 보였다.

벼락같이 일어난 창준은 사내가 겨누고 있는 권총을 위로 밀어 올렸다.

푹! 푹! 푹!

위로 들린 권총이 작은 소리를 내며 천장에 구멍을 내었다.

그러자 사내가 주먹으로 창준의 옆구리를 가격하려고 했으나 창준은 침착하게 그의 주먹을 막아내고 그의 다리를 걸어찼다.

가볍게 걸어찬 것처럼 보이지만 창준의 움직임에는 평범한 사람과는 전혀 다른 거력이 실려 있었다.

사내가 그대로 나동그라지자 창준은 그의 등에 올라타 손을 비틀어 권총을 빼앗아 겨눴다.

두 사내가 이렇게 소란을 피우는 소리에 소스라치게 놀라며 일어난 케이트가 이불로 자신의 몸을 가리며 하얗게 질린 얼굴로 창준에게 물었다.

"무, 무슨 일이에요?"

"괜찮아요? 어디 다친 곳은 없어요, 케이트?"

창준의 물음에 자신의 몸을 더듬어본 케이트가 떨리는 목소리로 대답했다.

"괘, 괜찮아요. 대체 저 사람은 누구예요?"

"일단 옷부터 입어요. 저도 무슨 일인지 궁금하네요. 말해봐. 누구지? 왜 나를 죽이려고 한 거지?"

케이트가 서둘러 옷을 챙겨 입는 사이, 창준이 사내를 더욱 찍어 누르며 물었다. 그러자 사내는 버둥거리며 저항하다가 키득거리고 웃었다.

"크크크! 몰라서 물어? 죽일 테면 죽여라. 내가 아니더라도 MI5에는 다른 요원이 많으니까. 넌 죽어."

창준은 사내의 말에 대체 무슨 상황인지 머리가 혼란스러웠다. 대체 MI5에서 왜 자신을 노리는지 알 수 없었다. 분명 얼마 전까지만 하더라도 MI5 국장인 리처드와 좋은 얘기를 나눴고 필리다를 만나 남들은 듣지 못한 비사도 듣지 않았는가.

그런데 몇 시간 만에 무슨 일이 벌어졌기에 자신을 노리는지 도통 이해할 수가 없었다.

"MI5? 거기서 나를 왜?"

"그건……."

틱!

사내가 말하는 도중 그의 몸에서 작은 소리가 들렸다. 어쩌면 다른 상황에서는 무시했을 법한 작은 소리였다.

하지만 불길함에 소리가 들린 소매를 걷어 올리자 그의 팔목에 매달린 수류탄과 그의 손가락에 끼워진 수류탄 안전핀이 보였다.

수류탄은 대략 3~5초면 터진다. 창준은 사내를 들어 올려 그대로 창을 향해 집어 던졌다.

파앙!

강화유리가 터지듯이 깨지며 사내가 창밖으로 날려갔다. 창준은 케이트와 자신의 몸에 실드 마법을 펼쳤다.

쾅!

파파파팡!

수류탄이 터지며 사방으로 비산하는 수류탄 파편이 호텔 강화 유리창 십여 장을 박살 냈다.

창준과 케이트가 있던 호텔방은 수류탄 파편에 엉망이 되었으나 두 사람은 실드 마법 때문에 털끝 하나 다치지 않았다.

"다치지 않았죠?"

"네… 네."

창준의 말에 케이트가 넋이 나간 목소리로 대답했다.

케이트가 안전하다는 사실에 일단 안도한 창준은 얼른 옷부터 찾았다. 침대에서 바로 일어난 직후이기에 겨우 속옷 한 장 걸친 상태였다.

서둘러 바지를 입고 셔츠를 입던 창준은 밖에서 사람들이 요란하게 달려오는 소리를 들었다. 발걸음 소리가 이 호텔에 숙박하던 손님은 아닌 것 같았다. 군대를 갔다 온 창준이 자주 들어본 군홧발 소리였다.

쾅!

문을 부수고 들어온 것은 영화에서나 보던 스와트 팀(SWAT Team) 복장의 사람들이었다.

그들은 창준과 케이트를 향해 샷건과 소총을 겨누고 위압적인 목소리로 말했다.

"꼼짝 마!"

창준은 냉정한 눈으로 그들을 바라봤다.

"천천히 손을 머리 위로 올려!"

스와트 팀이 다시 한 번 소리치자 창준은 그들이 말한 것처럼 천천히 손을 머리 위로 올리다가 케이트를 향해 살짝 휘저으며 나지막하게 말했다.

"실드."

마법이 발현되며 케이트에게 실드가 씌워지기 무섭게 스와트 팀은 한 치의 망설임도 없이 바로 방아쇠를 당겼다.

이미 창준이 마법사라는 걸 알고 있는 그들이기에 단지 나지막이 중얼거린 수준이었지만 위협이라 판단한 것이다.

타타타타탕!

샷건과 소총에서 시끄러운 소리와 함께 불꽃이 터져 나왔다. 하지만 창준은 잔상이 남을 정도로 빠르게 움직이며 총구를 피해 움직였다.

사람이 총알을 피하는 건 불가능하다. 하지만 총구가 향하는 방향을 미리 예측하면 치명상은 피할 수 있었다. 물론 이것도 방아쇠를 당기는 시간보다 빨리 움직일 수 있을 정도의 반사 신경을 가진 사람이라야 가능했다.

창준은 그런 반사 신경을 가지고 있었다. 아니, 그것도 훨씬 뛰어난 반사 신경을 가지고 있었다. 뿐만 아니라 그의 운동능력은 인간의 수준을 초월했다. 그의 동체시력은 총알마저도 흐릿하게나마 볼 수 있을 정도였다.

허리를 숙이고 몸을 몇 번 뒤집는 것으로 총알을 모두 피한 창준은 빠르게 스와트 팀에 파고들더니 사방으로 주먹과 발을 내질렀다.

퍼퍼퍼펑!

가죽 북이 터지는 소리가 연속해서 들리고 스와트 팀이 사방으로 날려가 처박혔다. 단 한 번씩 맞았을 뿐이지만 그 한 번의 충격으로 모두 정신을 잃었다.

창준은 케이트를 보호하고 있던 실드 마법을 거두고 주저앉아 있는 그녀를 부축해 일으켰다.

"MI5가 왜 우리를 잡으려는 거죠?"

케이트의 말에 창준은 고개를 저었다.

"저도 모르겠군요. 하지만 이대로 가만히 잡혀가면 좋은 꼴은 못 볼 것 같아요. 어디 안전한 곳으로 좀 피하는 게 좋겠어요."

일단 지금 들어온 스와트 팀은 기절했어도 죽진 않았다. 아직 무슨 일인지도 정확히 파악하지 못한 상태에서 그들을 죽이면 상황이 악화될 것 같았기 때문이다.

어쩌면 지금 이것들이 모두 오해일 수도 있었다.

'그것도 아니면… 모든 것이 나를 잡기 위한 음모이거나.'

창준은 올리비아를 꽤나 믿고 있었다. 미국에 억류되어 있는 그를 빼내기 위해 MI6에서 징계를 받는 것까지 감수한 그녀였다.

하지만 그녀를 케이트만큼 믿는 건 아니었다. 최악의 경우를 대비하여 그녀까지 자신을 잡는 데 일조하고 있다고 가정해야 했다.

케이트는 창준과 함께 나가려다가 문득 한쪽에 있는 자신의 가방을 집어 들었다. 가방에 있는 다른 것 때문이 아니라 그 안에 있는 그녀의 호신용품 때문이었다.

창준이 케이트와 함께 방에서 나오자 복도에 서 있는 MI5 요원 하나가 보였다. 그는 창준을 향해 사용하려는지 마법을 준비하고 있었다.

다른 방향으로 도망치려고 고개를 돌려봤지만 그쪽에도 마찬가지로 요원 하나가 서 있었다.

"저항하지 말고 저희와 함께 가는 것이 좋을 겁니다."

마법을 준비하지 않은 요원이 낮은 목소리로 말했다.

"왜 나를 잡아가려는 거지?"

"자세한 얘기는 청사로 가서서 하면 됩니다. 저희는 명령에 따르는 것뿐입니다."

"방금 전까지 나를 죽이려는 사람들을 따라서 청사로 가자? 차라리 지금 혀 깨물고 죽으라고 하시지."

"그건 당신이 반항을 했기 때문에……."

"자고 있는 사람에게 총질한 주제에 무슨 개소리야!"

그때 어디선가 손가락을 튕기는 소리가 들리더니 창준의 내부에서 어떤 폭발이 일어났다.

"어헉!"

아찔한 느낌에 하마터면 한쪽 무릎을 꿇을 뻔한 창준을 당황한 케이트가 붙잡았다.

"알스, 왜 그래요?"

창준은 케이트의 말에 대답할 수 없었다. 지금 그의 내부에서는 어떤 알 수 없는 것이 내부를 폭풍처럼 휩쓸고 있었다.

'이건… 마기?'

몸에서 폭탄이 터진 것처럼 마기가 온몸을 헤집고 다녔다. 특히 마기가 집중적으로 몰리는 곳은 심장이었다. 마치 심장에 있어야 할 무언가를 미친 듯이 찾는 것처럼 느껴졌다.

다크 더스트의 목표는 당연히 심장에 있어야 할 마나 서클이었다. 만약 창준이 일반적인 마법사와 똑같은 체계의 마법을 익히고 있었다면 아마도 필리다처럼 마나가 봉쇄되었을 것이다. 덤으로 오장육부에는 독이 듬뿍 뿌려졌고 말이다.

하지만 창준은 마나 서클이 없었다. 그는 아스란이 만든 용언마법을 기본으로 마법을 배웠기 때문에 그의 마나는 하단전에 위치하고 있었다.

이것은 지금 창준에게 득과 실을 동시에 가져다주고 있었다.

득은 당연히 그의 마나가 완전히 봉쇄되지 않았다는 것이다.

다크 더스트는 자동차 엔진이 움직이지 못하게 하는 것

처럼 서클 사이사이에 끼어들어 고착되는 것인데 서클 자체가 없으니 마나를 원활하지는 않지만 움직일 수는 있었다.

대신 심장에 있어야 할 마나 서클이 없자 마나 서클을 공격하려던 마기가 모두 독으로 변환되어 창준을 빠르게 중독시키고 있었다.

'다크 더스트다!'

심장을 공격하려는 마기의 움직임에 창준은 이 마기가 무엇인지 깨달았다.

아스란이 남긴 유산인 일리미트 비블리어시카에는 그가 알고 있던 마법의 모든 것이 담겨져 있었다. 거기에는 당연히 흑마법사에 대한 내용이 있었고 다크 더스트에 대한 내용도 있었다.

창준은 다크 더스트를 중화시킬 수 있었다. 단지 시간이 필요했을 뿐이다.

하지만 지금 창준에게는 시간이 없었다.

"쿨럭!"

"아, 알스!"

창준이 기침을 하자 시커멓게 죽은피가 한 사발이나 튀어나왔다. 그걸 본 케이트가 사색이 되어 창준에게 매달렸다.

그걸 본 MI5 요원들도 당황하고 있었다.

처음에는 창준이 어쭙잖은 연기를 하는 것이 아닌가 생각했다. 일부러 혀를 깨무는 형식으로 피를 토하는 것처럼 연기하는 방법은 흔했다.

하지만 창준이 토한 피는 단순히 혀를 깨물어서 나오는 수준이 아니었다. 이렇게 피를 흘리려면 거의 혀가 끊어져라 깨물었어야 한다. 거기다가 그가 토한 피는 시커멓게 죽은피가 아닌가.

창준이 토한 피는 얼마나 독한지 마치 염산처럼 바닥의 시트를 녹이고 있었다.

"젠장! 이게 무슨 일이야?"

"일단 빨리 응급요원을……."

마법을 준비하던 요원이 마법을 취소하고 말했다.

창준은 정신이 어질어질했다. 내부에서 독이 미친 듯이 날뛰고 있었다. 스스로가 점점 죽어가는 걸 실시간으로 느끼고 있다고 할 수 있었다.

이런 정신으로 단 하나만 머릿속에 떠올리고 있었다.

이들에게 잡히면 안 된다는 것이다.

이것이 현실적인 판단인지 아닌지도 인지하지 못했다. 어쩌면 마지막 상황만이 머리에 남아 본능적으로 행하려 하는 것인지도 몰랐다.

그게 어떤 것이든 지금 그걸 생각하고 있을 틈은 없었다. 도망을 칠 거라면 어서 움직여 어디로든 숨어 몸을 치료해야 했다.

창준은 입술을 깨물며 케이트를 끌어안고 방으로 뛰어들어 아까 깨진 창문 밖으로 몸을 던졌다.

두 요원은 화들짝 놀라 창준이 뛰어내린 창문으로 달려왔다.

"꺄아아악!"

창준의 품에 안겨 떨어지는 케이트의 비명이 귀를 자극했다.

그 소리에 정신을 차린 창준에게 급속도로 가까워지는 지면과 자신을 보고 사람들이 비명을 지르는 모습, 스와트 팀으로 보이는 사람들, 그리고 경찰들이 보였다.

"프, 플라이."

플라이 마법을 사용하여 둥실 떠오른 창준은 그대로 날아가기 시작했다.

그것을 본 스와트 팀이 창준을 향해 소총을 겨냥했다. 창준은 이를 악물고 다시 마법을 사용했다.

"실드."

그와 동시에 누군가 소리쳤다.

"파이어!"

타타타타타탕!

소총에서 총알이 발사되는 소리가 요란하게 들려왔다. 하지만 총알은 창준의 실드를 관통하지 못했다.

창준은 그대로 그곳을 벗어나 거의 세 블록을 빠르게 날아간 이후 사람들이 없는 길에 케이트를 조심스럽게 내려놓고 바닥에 무릎을 꿇었다.

그리고 다시 한 번 피를 토했다.

"알스! 내가… 내가 뭘 어떻게 해야 되는 거예요? 말해줘요!"

케이트가 울면서 물었다.

그녀는 지금 무슨 일이 벌어지는 것인지 정신이 하나도 없었다. 하지만 창준이 두 번째로 피를 토하는 걸 보고는 이대로 의지만 하면 안 된다는 걸 깨달았다.

창준은 정상이 아니다. 지금은 어떻게든 그녀가 창준에게 도움을 주어야 하는 상황이었다.

창준이 힘겹게 입을 열었다.

"차, 차를 먼저……."

마나는 온전했으나 독 때문에 마법을 사용하기 힘들었다. 차라리 차를 타고 움직이는 게 더 안전했다.

"아, 알았어요!"

케이트를 주변을 둘러봤다. 길에는 세워져 있는 차가 있었지만 안타깝게도 그녀에겐 열쇠가 없었다.

그때 멀리서 차 한 대가 다가오는 것이 보였다.

서둘러 도로 위로 달려나간 케이트는 두 팔을 흔들며 차의 진행 방향을 막았다.

차가 케이트 앞에 멈췄고, 창문을 내린 사내가 그런 케이트를 향해 소리쳤다.

"뭐 하는 거야! 비켜, 이 미친년아!"

대략 30대로 보이는 사내는 다급해 보이는 케이트를 향해 다짜고짜 욕부터 날렸다.

케이트는 그런 사내에게 다가가 다급히 말했다.

"도, 도와주세요!"

"꺼져! 내가 경찰로 보여? 바쁘다고! 비켜!"

"지금 아픈 사람이……."

"어쩌라고? 바쁘다고 했지? 안 비키면 밀고 간다!"

말이 통하지 않았다. 그리고 사실 차를 빌려달라는 말을 들어주겠냐는 생각도 들었다.

입술을 꼭 깨문 케이트는 가방에서 호신용 스프레이를 꺼내 남자의 눈에 뿌렸다.

"으아악! 무슨 짓이야, 이 미친년아!"

"죄송해요! 정말 죄송해요!"

"아악! 내 눈!"

케이트는 연신 미안하다고 말하며 차문을 열고 앞이 안 보여 버둥거리는 남자를 끌어냈다.

당연하겠지만 이건 케이트가 처음으로 저지르는 범죄였다. 그렇기에 어설프기 짝이 없었다. 만약 사내가 당황해서 액셀이라도 밟았다면 케이트는 다치고 말았을 것이다.

다행히 그런 일은 벌어지지 않았다.

서둘러 창준을 조수석에 태운 케이트는 운전석에 앉아 차를 몰기 시작했다.

"어디로 가죠?"

"일단… 일단… 그냥 어디로든… 갑시다."

"병원으로 가야 되는 것 아니에요?"

"소용… 없어요. 이건 내가 혼자… 크윽!"

"알스!"

"조금만… 시간을 줘요. 그러면 괜찮아질 거예요."

케이트는 창준의 말을 믿기 힘들었다. 그렇지만 반론을 낼 수 없었다. 이미 창준의 불가사의한 능력을 지겹도록 봤다.

조수석에 앉아서 케이트가 운전하는 사이 창준은 마나를 움직였다.

다크 더스트가 침잠하고 있는 마나를 활성화하고 밀어내기 위해서다. 이것이 끝나야 독을 처리할 수 있었다.

창준이 눈을 감고 있는 사이 케이트는 최대한 사람이 없는 곳을 향해 운전했다.

하지만 그것도 잠시였을 뿐이다.

끼이익!

검은 밴과 SUV가 급작스럽게 골목에서 튀어나오더니 케이트와 창준이 탄 차를 바짝 따라왔다. 그리고 확성기를 통해 소리쳤다.

―당장 차를 멈추십시오!

어떻게 알았는지 MI5의 차량이 따라붙었다.

케이트는 당황스러운 얼굴로 조수석의 창준을 바라봤다. 창준은 식은땀을 뻘뻘 흘리며 눈을 감고 있었다.

'내가… 내가 알스를 보호해야 해!'

어금니를 꽉 깨문 케이트는 액셀을 힘껏 밟았다.

부아아앙!

요란한 엔진 음을 내며 케이트의 차가 튀어나가자 뒤에 쫓아오던 두 대의 차도 그녀를 따라 속력을 높이기 시작했다.

세 대의 차가 런던의 밤 도로를 미친 듯이 질주했다. 늦은 밤 샹그릴라 호텔에서 일어난 소란에 밖으로 나와 있던 런던 시민들은 세 대의 차가 엄청난 속도로 도로를 달리는 모습에 깜짝 놀라며 휴대폰으로 사진을 찍기 시작했다.

케이트는 사실 운전을 아주 잘했다. 미국에 있을 때 답답한 일이 있으면 혼자 도시 외곽에서 과속하는 걸 즐겼는데, 그것이 지금 도움이 되고 있었다.

그녀의 뒤를 따라오는 두 대의 차는 창준과 거리를 좁히지 못하자 창문을 열고 상체를 내밀어 총을 쏘기 시작했다.

탕! 타타탕!

챙그랑!

"꺄아아악!"

총알이 유리를 박살 내고 차에 박히기도 하자 케이트는 비명을 지르며 상체를 바싹 수그렸고, 기절한 것처럼 눈을 감고 있는 창준도 잡아당겨 상체를 수그리게 했다.

이대로 얼마나 버틸 수 있을지 알 수 없었다. 총알이 타이어에 박히면 이 도주극은 그대로 종결될 것이다.

'어떻게 하지? 어떻게 해야⋯⋯.'

정신없는 와중에도 방법을 생각하려 했지만 도저히 떠오르지 않았다. 하다못해 길이라도 잘 알면 모르겠으나 케이트가 런던의 지리를 알 리가 없었다.

손발이 벌벌 떨며 운전하던 케이트의 귀에 휴대폰 벨소리가 들렸다. 창준의 전화였다.

무시하려던 케이트는 혹시나 하는 생각의 손을 뻗어 창준의 주머니에 있는 휴대폰을 꺼내서 받았다. 그러자 그녀에게도 익숙한 정선의 목소리가 들렸다.

─창준 씨? 대체 영국에서 무슨 일을 벌이고 있는 거예요!

"저는 케이트예요!"

─미스 프로시아? 창준 씨는 어디 있어요? 당장 바꿔…….

"알스는 지금 전화를 못 받아요! 그것보다 지금 당신의 도움이 필요해요!"

─그게 무슨 얘기예요? 지금 같이 있어요?

"호텔에 갑자기 사람들이 들이닥쳐서… 꺄악!"

뒤에서 날아오는 총알이 백미러를 깨뜨리자 케이트는 비명을 질렀다. 수화기를 통해서 총알이 날아오는 소리와 부서지는 소리, 케이트가 비명을 지르는 소리까지 여과 없이 정선에게 전해졌다.

─이건 총소리? 무슨 일인지 모르겠지만 설명은 나중에 듣기로 하고 지금 어디예요? 누가 당신을 쫓아오고 있나요? 창준 씨는 어디 있고요?

"창준은 저하고 같이 있어요! 지금 정신을 잃고 있기는 한데, 진짜 무슨 일이 벌어지기 전에 뒤에서 쫓아오는 차들을 피해야 해요!"

─알았어요! 일단 전화를 끊지 말고 조금만 기다려요!

"무슨 일이야?"

정선의 뒤에서 전화하는 소리를 듣고 있던 국정원장이 물었다.

"저도 잘 모르겠어요. 아무래도 영국에서 어떤 일에 휘말린 것 같은데, 누가 쫓아오는 모양이에요. 김창준 씨는 지금 정신을 잃고 있고 운전은 미스 프로시아가 하는 것 같아요."

"정신을 잃어? 이런, 크게 다친 것 아니야?"

국정원장의 물음에 정선은 다급히 다른 전화번호를 누르며 대답했다.

"저도 모르겠어요. 그런 것 하나하나 물어볼 시간이 없는 것 같아요. 뒤에서 차가 쫓아오는데 총을 쏘고 난리예요."

"지금 어디에 전화하는 건가?"

"영국에 있는 요원한테요."

"그 사람은 비전투요원일세."

"방법이 없잖아요. 지금 저희가 사용할 수 있는 옵션은 그 사람이 전부니까요. 창준을 그냥 저렇게 놔둘 수 없잖아요!"

국정원장은 뭐라고 말을 하고 싶었으나 결국 아무런 말도 하지 못했다. 정선의 말처럼 창준은 그냥 놔둘 수 없다는 건 그 역시 동의하고 있기 때문이다.

비록 창준이 국정원과 조금 멀어지기는 했으나 완전히 결별을 선언한 것은 아니다. 그가 만든 유전자 변형 마약의 해독제만 해도 어마어마한 이득을 볼 수 있고 차후 그와 같은 것들을 더 만들어낼 수도 있었다.

'거기다가 그가 없으면 해독제도 더 이상 만들 수 없겠군.'

그러는 사이 전화가 연결되었는지 정선이 통화를 하고 있다.

"지금 당장 당신이 그 사람을 지원해 줘야 해요! 저도 당신이 비전투요원이라는 건 알고 있어요! 하지만 그걸 신경 쓰지 못할 정도로 다급한 상황이라고요!"

통화하는 걸 보니 아무래도 갑작스러운 요청에 상대가 당황스러워하고 있었다. 이대로 놔두면 말이 길어질 것 같았다.

마음을 정한 국정원장이 전화를 건네받았다.

"나 국정원장 정규태일세."

─헉! 추, 충성!

"충성은 무슨, 여기가 군대인 줄 아나? 쓸데없는 말은 필요 없고, 지금 당장 뛰어나가도록 하게. 무슨 일이 있어도 감옥에서 썩도록 만들지는 않을 테니까 걱정하지 말고."

―하, 하지만…….

"하지만은 무슨 하지만이야! 당장 나가! 국정원이 애들 놀이터처럼 자기 하고 싶은 일만 하고 사는 곳인 줄 알아? 명령 불복종으로 징계 먹을 생각 없으면 그 무거운 엉덩이를 들고 빨리 나가란 말이야!"

*　　　*　　　*

―지금 위치가 어디예요?

다시 들려온 정선의 목소리에 케이트는 서둘러 내비게이션으로 위치를 확인했다.

"템스 강에서 한 블록 정도 떨어진 곳이에요! 지금 막 뉴포트 스트리트를 지나 발 워크로 들어… 꺅!"

쿵!

잠시 내비게이션을 보느라 속도가 느려졌는지 뒤에서 따라온 SUV가 그녀의 차를 들이받았다. 약간 균형이 흐트러지기는 했지만 얼른 핸들을 조정해 균형을 잡고 다시 액셀을 끝까지 밟았다.

그사이 위치를 대충 확인했는지 정선이 외쳤다.

―좋아요! 그러면 이제 곧 글래스하우스 워크 거리가 나올 거예요! 거기에서 오른쪽으로 꺾어요.

"그다음에는요?"

―앨버트 엠방크망 도로가 나오면 다시 좌회전을 해요!

"알았어요!"

얘기를 하는 사이 금세 글래스하우스 워크 표지판이 나왔다. 케이트는 급히 핸들을 오른쪽으로 꺾었다.

끼이이익!

타이어가 비명을 질렀다. 그녀가 운전을 못했으면 아마 우회전을 하면서 속도가 늦어졌을지도 몰랐다. 하지만 능숙한 운전수인 케이트는 사이드 브레이크를 잡아당기며 드레프트를 해 속도를 유지했다.

우회전 후 겨우 한 블록 거리를 지나자 바로 앨버트 엠방크망 도로가 나왔다. 케이트는 다시 좌회전을 하기 위해 핸들을 꺾었다.

그녀가 달리던 도로는 늦은 시간이고 좁은 도로여서 차량이 많지 않았지만 앨버트 엠방크망은 템스 강 바로 옆을 지나는 주도로였다. 그렇기에 늦은 시간이지만 지나다니는 차량이 꽤 많았다.

갑자기 도로에 튀어나온 케이트의 차량 때문에 앨버트 엠방크망을 달리던 차량이 깜짝 놀라며 급히 급브레이크를 밟았다. 하지만 몇몇 차량은 관성을 이기지 못해 앞으로 더 튀어나갔다.

쾅!

"아악!"

정면으로 충돌하지는 않았지만 후미 부분을 부딪친 케이트는 차가 회전하는 것을 느끼며 비명을 질렀다.

가까스로 정신을 차리고 다시 가속 페달을 밟았다.

차가 멈춘 건 아주 짧은 시간이었다. 그럼에도 뒤에서 쫓아오는 차가 순식간에 거리를 줄일 수 있는 시간이었다.

두 대의 차가 케이트를 쫓아 도로로 튀어나왔다. 그런데 도로를 달리던 차량 중 하나가 느닷없이 튀어나오더니 두 대의 차를 순서대로 들이받았다.

콰쾅!

앞에 있던 SUV는 케이트처럼 잠깐 중심이 흔들린 정도였으나 뒤에서 따라오던 검정색 밴은 운전석 쪽이 부딪쳐 완전히 다른 방향으로 튕겨져 나갔다.

밴을 운전하던 사람은 그 충격에 기절했는지 정신을 잃었고, 조수석에 있던 사람이 그를 서둘러 끌어내고 자리에 앉았을 때는 이미 두 대의 차가 거의 보이지 않을 지경이 되어 쫓아갈 수 없었다.

이제 혼자 남은 SUV는 더욱 과감하게 케이트를 쫓았다.

여기서 그녀를 놓치면 곤란했다.

'최소한 헬기 지원이 올 때까지는…….'

운전하는 요원은 이를 악물고 눈도 깜빡이지 않으며 운전에 집중했다.

덜컹덜컹!

방금 전 차가 부딪쳤을 때 문제가 생긴 것일까? 케이트의 차에서 불길한 소리가 들려왔다.

불안함에 식은땀을 삘삘 흘리는 케이트의 귀에 정선의 목소리가 다시 들려왔다.

—앨버트 엠방크망 도로를 탔나요?

"네, 탔어요! 그런데 지금 차가 좀 이상해요!"

—일단 최대한 좌측으로 붙어서 운전해요! 곧 우리 쪽 지원이 도착할 거예요! 그가 잘 처리하면 도주할 시간을 벌 수 있을 거예요!

그 말에 케이트는 차를 좌측으로 붙였다.

영국은 운전석이 조수석 쪽에 붙어 있고 차가 움직이는 방향도 반대였다. 한국이라면 좌측에 붙었을 경우 중앙선이 있겠지만, 영국에서는 인도나 갓길에 가까워진다.

글래스하우스 워크는 앨버트 엠방크망으로 향하는 일방통행 길이다. 그다음에 나오는 도로는 반대쪽으로 들어가는 일방통행 길이다.

그런데 케이트의 차가 지나가기 무섭게 역주행을 하는 차 한 대가 튀어나오더니 케이트의 뒤에서 쫓아오던 SUV를 그대로 박아버리는 것이 아닌가.

쾅!

얼마나 세게 받았는지 쫓아오던 SUV는 반대쪽 차선으로 튀어나갈 정도였다.

멀어지는 케이트를 멍하니 바라보던 요원들이 차에서 내려 자신의 차를 받은 운전자에게 다가갔다.

그곳에는 어색한 얼굴로 손을 흔들고 있는 삼십 대가량의 동양인이 보였다.

국정원 요원이었다.

CHAPTER
11

도움을 받다

ALCHEMIST

뒤에서 어떤 차가 쫓아오던 SUV를 받아버리는 걸 봤다.

한시름 놓은 케이트에게 정선이 말했다.

―어떻게 되었죠?

"어떤 차가… 어떤 차가 막아줬어요."

―다행이군. 저희 요원이에요.

케이트의 입에서 길게 한숨이 튀어나왔다.

그때 창준이 눈을 번쩍 뜨더니 창밖을 향해 커다란 핏덩 이를 토해냈다.

차 밖으로 토했기 때문에 케이트는 몰랐지만, 그 핏덩이는 창준의 몸에 있던 다크 더스트가 듬뿍 포함되어 있어서 지독한 악취를 내뿜고 있었다. 거의 냄새만으로도 사람을 중독시킬 정도로 유독했다.

그걸 모르는 케이트가 당황한 목소리로 외쳤다.

"알스!"

"괜⋯ 찮아요. 그냥 독을 토했을 뿐이에요."

다크 더스트를 해독하는 방법은 사실 간단했다.

몸에 있는 마나를 움직여 다크 더스트를 한곳으로 몰아 넣은 다음 그걸 밖으로 내보내는 것이다.

내보내는 방법은 두 가지였는데, 마나가 적으면 신체의 한 부분으로 보내 그 부분을 잘라내는 것이고, 마나가 충분하면 지금처럼 약간의 마나와 함께 밖으로 토할 수 있었다.

아마 창준이 여전히 5서클 미만이었다면 충분한 마나가 없기에 신체의 일부분을 자신의 손으로 절단해야 했으리라.

"그럼 이제 괜찮은 거예요?"

"음, 완전하지는 않지만 당분간 문제는 없을 거예요."

"하아, 다행이네요."

—이 목소리, 창준 씨죠? 창준 씨 좀 바꿔줘요.

정선의 요청에 케이트는 전화를 창준에게 건네주며 말

했다.

"방금 전에 쫓아오는 사람들을 피하는 데 도움을 줬어요."

전화를 받은 창준이 말했다.

"전화 바꿨습니다."

―백정선이에요.

"도와주셨다니… 덕분에 살았네요."

―그건 알겠고, 대체 무슨 일인지 설명부터 좀 해주세요. 저희는 아주 단편적인 정보밖에 받지를 못했어요.

"무슨 일인지는 제가 궁금합니다. 자고 있는데 갑자기 암살당할 뻔하고 느닷없이 나타난 MI5에 강제로 끌려갈 뻔했으니까요."

―그게 무슨 말이에요? 아무런 이유도 없이 그럴 리가 없잖아요!

"그러니까요. 분명히 무슨 일이 있기는 한 것 같은데, 저도 아직 들은 바가 없어요. 차분히 알아봐야 할 것 같아요."

―하아, 그러면 왜 정신을 잃었던 거예요?

정선이 알기로 창준은 쉽게 정신을 잃을 정도로 능력이 부족한 사람이 아니었다. 오히려 능력이 차고 넘친다고 할 수 있었다.

"…독에 당했습니다."

더 이상 자세하게 말할 수는 없었다. 자세하게 말하려면 흑마법사의 존재부터 필리다의 얘기까지 모두 전해야 하는데 전화로 간단하게 얘기할 사안이 아니었다.

—당신이 독에 당했다고요?

"저도 사람입니다. 독에 당할 수 있지요."

믿을 수 없다는 정선의 말에 창준이 약간 퉁명스럽게 대답했다.

—어찌 됐든 좋아요. 그러면 이제 영국을 빨리 떠나야 할 것 같은데……

"실드!"

창준은 얼른 수화기를 떼고 마법을 펼쳤다. 그러자 어디서 날아왔는지 커다란 불덩이가 창준이 만든 실드에 부딪쳐 소멸되었다.

하늘을 보니 어둠 속에서 플라이 마법을 사용해 날아다니고 있는 두 사람이 보였다. 아무래도 호텔에서 창준을 막아서던 마법사들 같았다.

창준은 휴대폰을 케이트에게 건네주고 플라이 마법을 사용해 날아올랐다.

두 마법사 앞에서 멈춘 창준은 그들을 지그시 바라봤다. 그들이 자신을 공격했다는 것 때문에 바라본 것이 아니었다.

분명 자신은 어디서 당했는지는 모르지만 다크 더스트에
중독됐다. 중독은 어디서든지 일어날 수 있는 얘기지만, 어
쩌면 두 사람 중에 흑마법사가 있을 수 있다는 가정하에 그
들이 사용하는 마나를 훑어본 것이다.

창준은 그들보다 상위의 마법사였고, 그들이 플라이 마
법을 사용하는 중이라 그들의 마나를 확인하는 건 쉬운 일
이었다.

'둘 다 흑마법사는 아니군.'

"저희를 피해서 도망칠 수 없습니다, 미스터 킴!"

두 마법사 중 하나가 외쳤다. 호텔에서 창준이 피를 토하
고 도주한 걸 위기를 피하기 위한 연극이라고 생각한 것 같
았다.

그렇게 생각한다면 상당히 가소로운 일이었다.

그들은 창준이 어느 정도 수준인지 파악할 수 없겠지만,
창준은 그들이 4서클 마법사라는 걸 단번에 알아봤다.

일반적으로 6서클 마법사와 4서클 마법사의 능력은 하늘
과 땅 차이였다. 4서클 마법사가 6서클 마법사를 생포하거
나 죽이려면 최소한 4서클 마법사 수십 명을 데려와야 한
다.

그런데 겨우 두 사람이 이런 얘기를 하고 있다. 창준은

가소롭게 생각할 수밖에 없었다.

"도망치려고 했던 건 아니오."

"마법을 해체하고 순순히 저희를 따라오시기 바랍니다."

한 사람이 수갑을 꺼냈다.

마법사에게 수갑은 전혀 먹히지 않는다. 그렇지만 마나를 동결시키는 마법진이 있다면 얘기는 달라진다.

창준이 건네준 마법진을 연구해서 얻은 결과물 중의 하나로 보였다.

마나 동결은 어려운 마법진이 아니다. 창준이 건네준 마법진을 연구해서 얻은 메시지 마법과 같은 수준이라고 보면 된다.

대신 연구 기간이 짧았기 때문인지 창준의 눈에는 수갑의 마법진이 상당히 조악하게 보였다. 저 정도면 어느 정도 마나를 방해하는 수준밖에 되지 않았다.

물론 그렇다고 그걸 착용하고 MI5에 끌려갈 생각은 손톱만큼도 없었다.

"두 가지만 물어봅시다. 나를 왜 잡아가려는 것이오? 그리고 잡아가서 어쩌려고 그러는 것이오?"

"말했듯이 그건 청사에 가시면 알게 될 겁니다."

"청사에 끌려가서 쥐도 새도 모르게 죽을 수 있다는 말과 같이 들리는 건 나만의 착각이오?"

두 마법사는 부정하지 않았다. 실제 MI5나 MI6 청사에서 조용히 처리된 사람이 없지 않았다.

특히 이 두 마법사는 필리다의 죽음 등을 전혀 모르는 상태로 임무만 받았을 뿐이다.

창준의 입가에 싸늘한 미소가 깔렸다.

"그렇다면 절대로 갈 수 없지. 어디 능력이 있으면 알아서 잡아가 보시든가."

"그 선택, 후회하게 될 겁니다."

"후회는 내가 아니라 당신들이 할 것 같군. 보아하니 내가 어떤 수준인지도 모르고 나온 것 같은데, 당신들처럼 겨우 4서클 마법사들이 나를 잡아가겠다고? 한번 해봐."

두 마법사는 긴장한 기색이 역력했다.

창준이 정보대로 4서클 마법사라면 자신들이 수준을 알아볼 수 있어야 하는데, 전혀 깊이가 가늠되지 않기 때문이다.

그렇다고 물러설 수는 없었다.

두 마법사는 마법을 준비하기 시작했다.

창준은 그들이 마법을 완성하기 전에 얼마든지 공격할 수 있었지만, 굳이 그렇게 하지 않았다. 다크 더스트를 어느 정도 해소했으니 마법을 사용하기 어렵지 않았고, 주변을 탐색한 결과 두 마법사를 제외한 다른 어떤 것도 보이지 않았으니까.

"파이어 볼!"

"플레임!"

두 사람이 펼친 마법이 창준을 향해 날아왔다.

두 마법은 모두 단번에 사람을 죽일 수 있는 마법이다. 창준이 당연히 막아낼 수 있다고 생각한 것이 아니라면 윗선에서 죽여도 무방하다는 명령을 받았을 것이라 추측할 수 있었다.

창준은 무덤덤한 눈으로 마법이 이글거리며 자신을 덮치려는 걸 보다가 손을 뻗고 나지막이 말했다.

"리버스(Reverse)."

그러자 창준을 향해 날아오던 두 마법이 우뚝 멈추더니 방향을 바꿔 두 사람에게 날아갔다.

리버스 마법은 6서클 이상이 되어야 사용할 수 있는 마법이었는데, 하위 마법사가 상위 마법사를 이길 수 없다는 말이 나오도록 만드는 마법 중의 하나였다.

4서클까지는 거의 100퍼센트 마법을 되돌릴 수 있는 마법이었고, 5서클이라도 마나가 부족하면 펼친 마법이 되돌아가는 걸 피할 수 없었다.

자신이 펼친 마법이 돌아오자 화들짝 놀란 두 사람은 서둘러 그것을 피했다.

그들이 피하는 것을 보면서 창준이 마법을 사용했다.

"그래비티(Gravity)."

"으헉!"

"앗!"

창준이 사용한 마법은 중력 마법이었다.

마법이 발현되자 두 사람은 무지막지한 힘이 자신들을 위에서 내리누르는 것을 느꼈다. 저항을 하려고 했지만 겨우 플라이 마법 가지고는 6서클 마법의 힘을 감당할 수 없었다.

마치 자유낙하를 하는 것처럼 떨어져 템스 강에 빠지는 두 사람을 보며 창준은 가볍게 다음 마법을 사용했다.

"라이트닝."

창준의 손에서 발현된 번개가 두 사람이 빠진 템스 강에 떨어졌다.

"으아악!"

"아악!"

죽을 정도로 마나를 담지는 않았기에 죽지는 않았지만 두 사람은 고압전기에 감전된 것처럼 바르르 떨더니 그대로 축 늘어졌다. 그들 주위로 감전된 물고기가 대량으로 떠오르는 부차적인 피해가 발생했지만 창준이 신경 쓸 일은 아니었다.

가볍게 두 사람을 처리한 창준은 멈춰 있는 차로 다가와 다시 조수석에 탑승했다.

"죽… 였나요?"

"제가 사람을 함부로 죽이고 다니는 사람 같아 보여요?"

"그렇지는 않지만……."

"아직 밝혀진 것이 하나도 없잖아요. 함부로 사람을 죽이지는 않아요. 물론 위험을 감수하면서 살려줄 정도로 착한 성격은 아니지만요."

지금은 어떤 상황인지 모르니 두고 보는 것이다. 괜히 사람을 죽였다가 정말 돌이킬 수 없는 강을 건널 수 있었다.

하지만 정말 MI5가, 영국이 적이 된다면…….

'언제까지 제압하는 수준으로 손을 쓸 수는 없겠지.'

아직까지 흑마법사와 키메라를 제외하고는 사람을 죽인 일이 없다.

흔히 사람들은 처음 살인을 한 사람은 심리적인 패닉에 빠진다고 알고 있다. 그렇기에 영화를 보면 전쟁에서 사람을 죽이게 되었을 때 패닉에 빠진 등장인물들을 보여주고는 한다. 그 영화를 보는 사람은 그것을 그대로 받아들이고 말이다.

하지만 사실은 그렇지 않았다.

위와 같은 경우도 있기는 하지만, 전혀 아무런 감흥이 없는 사람부터 오히려 희열을 느끼는 사람까지 다양했다.

창준은 흑마법사를 죽인 일이 있다.

아무리 흑마법사라고 하더라도 그들이 인간이 아닌 것도 아니다. 그러니 창준은 실제로 살인을 한 전적이 있는 것이다.

하지만 창준은 아무렇지도 않았다. 마법을 익히며 저절로 이성적이고 강인한 정신 상태로 발전해 그런 패닉이나 희열 따위는 느끼지 않았다. 그저 어쩔 수 없기에 살인을 저질렀을 뿐이다.

지금도 같은 상황이다. 만약 그가 살인을 해야 살아남을 수 있는 상황에 처한다면 가차 없이 살수를 쓸 것이다.

물론 이런 모습을 케이트에게 보여줄 필요는 없었다.

창준은 다시 휴대폰을 들었다.

"아직 안 끊었죠?"

─네, 무슨 일이 있었나요? 방금 미스 프로시아가…….

"MI5 요원이 쫓아와서 처리하고 왔어요."

─…죽이지만 않았다면 괜찮을 거예요.

정선은 창준이 MI5 요원을 죽여서 외교적인 분쟁거리를 만들지 않아 다행이라 생각했다. 물론 이미 샹그릴라 호텔과 차량 추격전을 벌여 충분히 분쟁거리를 만들기는 했지만 더 늘려서 좋을 일은 없었다.

"어쨌든 상황이 이렇게 됐으니 영국을 얼른 떠나는 게 좋을 것 같은데 방법이 없겠습니까?"

─힘들 거예요. 아마도 공항이나 항구에서는 당신이 떠나지 못하도록 수를 썼을 거라고 생각해야 되니까요.

도주 위험이 있는 사람을 잡으려면 공항이나 항구 폐쇄는 기본이다.

─지금 당장 영국을 벗어날 방법은 없을 것 같아요. 저희 나름대로 알아봐야 할 시간이 필요해요.

"그럼 미안하지만 신세를 좀 져야 할 것 같은데… 어디 숨을 곳 좀 없을까요?"

─하아, 원래는 있었는데 지금은 없어요.

"그게 무슨 말이죠?"

─당신을 쫓던 차량을 막은 사람이 저희 국정원 사람이었어요. 그리고 영국에서는 유일한 저희 쪽 사람이고요. 그것도 안전가옥을 관리하는. 아마 저희 쪽 안전가옥은 이제 노출되었을 거예요.

"그럼 어떻게 하죠? 대사관으로 가면 보호가 가능하나요?"

─외교적 마찰이 상당하겠지만 가능은 해요. 어찌 됐든

대사관은 저희 관리에 있으니까요.

이는 곤란하다는 말이나 다름없었다.

어떤 일인지는 몰라도 지금 MI5는 작정하고 창준을 잡으려고 하고 있다. 거기다가 지금 일으킨 소동만 하더라도 상당했다.

이런 상황에서 창준이 대사관에 몸을 의탁하면 영국 정부에서는 한국 정부에 책임을 묻고 창준을 내놓으라고 요청할 것이다.

정치적으로 나오면 한국의 정치인들은 창준을 예쁘게 포장해서 건네주고 외교적 이익을 얻으려고 할지 몰랐다.

"후우, 어쩔 수 없군요. 그러면 저희가 알아서 잠시 숨을 곳을 찾아보도록 하지요."

―그럴 수 있겠어요? MI5에서 혈안이 돼서 당신을 찾으려고 할 텐데…….

"별수 없잖아요. 그렇다고 부담이 가는 걸 뻔히 알면서 대사관으로 갈 수 없으니까요. 은신처를 구하면 차후에 연락하도록 하죠."

―저희도 최대한 도울 수 있도록 노력할게요.

"도움보다 지금 MI5에서 저를 왜 잡으려고 하는지 그 이유부터 찾아줘요. 도망 다니는 건 잘할 자신 있으니까요."

─알겠어요. 그리고 이 휴대폰 전화번호, MI5에서도 알고 있죠?

"아, 그렇죠."

MI5에서 알고 있는지는 모르겠지만 올리비아는 확실히 알고 있다.

─그러면 전화를 끊고 바로 버리세요. 휴대폰을 추적할 수 있으니까요.

"그건 생각을 못 했네요. 알겠어요. 그러면 나중에 따로 연락드릴게요."

창준은 전화를 끊고 휴대폰을 템스 강에 던져 버렸다.

그리고 잠시 생각에 잠겼다. 당장은 국정원의 도움을 바랄 수 없으니 앞으로 몸을 숨길 방법 등을 생각해야 했다.

그때 문득 케이트가 떠올라 그녀를 바라보니 얼굴이 창백하게 변해서 몸을 가늘게 떨고 있다.

케이트는 우수한 능력을 가진 유능한 인재이다. 힘든 상황에서도 맡은 바 임무는 철저히 수행할 정도로 감정을 컨트롤하는 것도 능숙했다.

하지만 그렇다고 그녀가 지금과 같은 경험을 하고도 아무런 이상이 없다는 말은 아니었다.

지금 케이트가 겪은 일은 일반인이라면 평생에 한 번도

경험하지 못할 것뿐이다. 그러니 쇼크를 받는 것도 충분히 가능한 일이었다.

창준은 조심스럽게 손을 뻗어 케이트의 손을 잡았다. 그러자 케이트가 잠시 흠칫 놀라더니 이내 가만히 그의 손을 잡아왔다.

"괜찮아요?"

"…네, 괜찮아요."

대답은 그렇게 했지만 케이트의 얼굴에는 억지미소가 떠올라 있다. 절대로 괜찮지 않은 얼굴이었다.

창준은 케이트를 끌어와 자신의 품에 안았다. 그리고 그녀의 등을 조심스럽게 쓰다듬으며 그녀가 진정하도록 도와주었다.

이런 창준의 행동이 큰 위안이 되었는지 케이트는 점점 진정되어 갔다.

"저희, 이러고 있어도 괜찮아요?"

"걱정하지 않아도 돼요. 제가 마음만 먹으면 지금 영국에 있는 누가 오더라도 당신 하나 지키는 건 문제도 아니니까요."

그건 사실이다.

필리다는 7서클 대마법사이다. 그리고 올리비아의 태도를 보니 필리다는 마법협회에서 손에 꼽는 강자였을 가능성이 높았다. 어쩌면 가장 강한 사람일 수도 있었다.

하지만 그렇다고 해도 창준이 그녀와 싸우게 될 경우 진다는 말은 아니다.

일반적인 원소마법사의 마법 캐스팅 시간은 치명적인 약점이다.

아무리 캐스팅을 빨리 한다고 하더라도 그들이 마법 하나를 사용할 때 창준은 못해도 서너 개의 마법을 사용할 수 있었다.

아무리 강력한 7서클 마법사라고 해도 그건 마찬가지였다. 하위 마법은 간단하게 캐스팅을 축약해 사용할 수 있을지 모르지만, 6서클이나 7서클 마법까지 그렇게 할 수는 없다.

그에 반하여 창준은 6서클 마법은 시동어만으로 사용이 가능하니 그 전투 능력은 원소마법사와 비교하기 민망할 수준이다.

뿐만 아니라 창준은 인간의 수준을 뛰어넘은 육체적 능력을 가지고 있다. 그건 거의 중국 무인과 동일하거나 더 뛰어나다.

이 모든 것을 종합하면 7서클 마법사라고 하더라도 해볼 만하거나 충분히 제압할 수 있다는 말이다.

'진짜 필리다가 나를 잡으려 나올 리는 없겠지?'

약간의 불안감에 이런 생각을 떠올리기는 했다. 아직 필리다가 죽었다는 것을 모르기 때문에 하는 생각이다.

창준의 믿음직스러운 말 때문인지 아니면 그가 가볍게 농담하는 거라고 생각했는지 케이트는 입가에 작은 미소를 매달았다.

누군가에게 보호를 받는다는 느낌은 그녀를 상당히 안정적으로 만들었다.

케이트가 그의 품에 안겨 있는 상태로 물었다.

"그러면… 이제 저희는 어디로 가야 하죠?"

"음, 일단 당신은 미국대사관으로 몸을 피하는 것이 어때요?"

케이트는 미국 시민권자이다. 그녀가 대사관으로 몸을 피한다면 아무리 영국이라고 해도 함부로 움직일 수 없을 것이다.

거기다가 케이트는 미국의 우호적인 인사들을 많이 알고 있었다.

특히 패트릭 회장이라면 케이트 한 명 정도는 충분히 보호할 수 있도록 힘을 쓸 수 있을 것이 분명했다.

"저만 피하라고요?"

창준의 말에 케이트가 그의 품에서 벗어나 그를 지그시 바라봤다. 뭔가 화가 난 눈빛이다.

자신만 안전한 곳으로 보내는 것에 대해 불만을 표시하는 것이리라.

창준은 그런 케이트의 뺨을 만지며 미소를 지었다.

"말했잖아요. 나는 절대로 다치거나 위험해지지 않아요. 난 오히려 당신이 나와 함께 있다가 다치는 게 무서워요. 그게 가벼운 생채기 정도라고 해도 마찬가지예요."

"…난 당신 혼자 위험한 곳에 두고 가는 게 무서워요. 또 저번처럼… 어디론가 사라질 것 같아서요."

그를 걱정해서 말하는 케이트의 모습은 창준의 가슴을 뿌듯하게 만들어주었다.

"맹세할게요. 절대로 다치거나 연락이 두절되는 일이 없을 거라고."

케이트의 솔직한 심정으론 절대 창준과 떨어지고 싶지 않았다. 방금 전만 하더라도 그녀가 꽤 도움이 되지 않았는가.

하지만 그가 다시 독에 걸리지 않는다고 가정한다면 그녀의 존재는 창준에게 걸림돌이 될 뿐이다. 창준의 곁에 있으면 그녀를 보호하기 위해서 더 어려운 선택을 할지도 몰랐다.

머리로는 이해가 되지만 가슴으론 받아들이기 힘들었다.

하지만 결론은 나왔다.

"알았어요. 그럼 대사관에 있도록 할게요."

"잘 선택했어요."

"하지만 절대 영국을 떠나지는 않을 거예요. 무조건 기다리고 있을 테니 다치지 말고 일이 마무리되면 연락 주세요."

"알았어요."

웃으며 대답한 창준은 케이트의 입술에 가볍게 입을 맞췄다.

*   *   *

갑작스럽게 테러와 같은 일이 벌어진 샹그릴라 호텔.

수류탄이 터진 이후 한동안 어수선한 분위기가 계속되었다. 그러나 그것도 잠시였다.

두 시간이 지났을 때는 어느 정도 정리되어 구경하던 사람들까지 모두 철수했다.

수류탄이 터졌다는 건 깨진 유리창만이 증명하고 있는 것 같았다.

폭발이 있던 층은 완전히 폐쇄되어 직원들조차 들어가지 못하고 있는 상황이었다.

아무도 없고 불마저 꺼져 어둡기만 한 이곳에 무언가 소리가 들리기 시작했다.

덜컥!

천장에 있는 환풍구 뚜껑이 열리더니 한 사람이 소리도 없이 내려왔다.

제프리였다.

제프리는 주위를 둘러보더니 조금 심각한 얼굴이 되었다.

'이상하군. 왜 그놈은 마법을 사용할 수 있던 거지?'

필리다를 처치하고 창준이 일을 저지른 것처럼 조작을 마친 그는 바로 이곳으로 달려와 환풍구에 숨어 있었다.

마법을 사용해 은신하고 있어도 되지만 혹시나 자신의 마기가 새어 나갈 것을 염려해 마법도 사용하지 않고 이렇게 숨어 있었다.

어려운 일은 아니었다.

그가 지금은 통제관을 하고 있지만 SAS에서 충분히 훈련을 받았고 일선에서 활동한 경력을 가지고 있었다. 겉으로 보이는 나이는 40대 후반이어도 끊임없는 관리와 흑마법으로 전성기 때보다 더 몸 상태는 더 좋다고 할 수 있을 정도였다.

창준이 자는 사이에 암살을 시도하도록 사람을 보낸 것도 제프리였다.

자폭까지 서슴없이 한 암살자는 원래 MI5 요원이었지만, 제프리의 암시에 걸려 창준을 암살하려 한 것이다.

창준을 단순히 원소마법사로 알고 있던 그는 암살자로 인하여 창준이 죽어도 그만이었고, 혹시나 살아난다면 다크 더스트를 발동하려고 했다.

그리고 그 계획은 그대로 흘러갔다.

계획에 문제가 생긴 건 창준이 다크 더스트에 중독되고 나서도 마법을 사용하면서부터였다.

'필리다마저 마법을 사용하지 못했는데… 혹시 분량을 조절하지 못해서 너무 적은 양을 투입했나?'

필리다는 7서클 마법사였다. 그러니 당연히 필리다에게 더 많은 다크 더스트를 사용했다. 그가 알기로 창준은 겨우 4서클 마법사일 뿐이니까.

제프리는 잠시 고민했다.

창준이 다크 더스트를 발동하고도 마법을 사용했다는 것과 그가 아직 죽지 않았다는 것을 보고해야 하는지.

하지만 결론은 간단하게 나왔다.

'굳이 이런 걸 보고할 필요는 없겠지. 아무리 일이 잘못 흘러간다고 해도 내 손으로 직접 죽이면 되니까.'

괜히 이런 보고를 해서 무능력하게 보일 필요는 없었다.

결론을 낸 제프리는 신속하게 호텔을 빠져나가기 시작했다. 그는 여전히 창준을 죽이는 게 아주 간단할 것이라 생각하고 있었다.

＊　　　＊　　　＊

창준은 차를 미국대사관 근처에 세웠다.

"도착했네요. 저기가 미국대사관이에요."

창준의 말에도 케이트는 대답하지 않고 고개를 숙이고 있었다.

"케이트, 이제 도착했어요."

"알아요. 정말… 혼자 괜찮겠어요?"

"말했잖아요. 걱정할 것 하나도 없다고."

"하지만… 아직 몸 상태도 완전히 정상이 아니라면서요. 그러다가 또 아까처럼 갑자기 아프게 되면……."

"절대 그럴 일은 없어요."

사실 확실하지는 않았다. 그저 다크 더스트를 만드는 방법이 흑마법사에게 꽤 부담되기에 소량 생산밖에 되지 않는다는 걸 알고 있기는 했다.

그리고 이제 자신은 사람들에게 노출되지 않을 것이다. 자신을 다시 다크 더스트에 중독시키려면 일단 자신부터 찾아야 했다.

지금은 그 정도면 충분했다.

케이트는 깊은 한숨을 내쉬었다.

"후우, 알겠어요. 제 연락처는 알고 있죠?"

"당연한 얘기를 하네요."

케이트 역시 휴대폰이 없었다. 그래서 연락할 번호를 미리 알려줬다. 정확히는 미국에 있는 케이트 집 전화였는데, 그쪽으로 메시지를 남기면 연락하기로 미리 얘기를 해두었다.

"그럼 안전한 곳으로 가면 바로 연락 주세요. 기다리고 있을 테니까요."

"알겠어요."

케이트는 창준의 눈을 잠시 바라보다가 차에서 내려 미국대사관으로 걸어갔다.

그녀가 대사관으로 들어가는 것까지 확인하고 나서야 창준은 천천히 차를 운전해서 다른 곳으로 이동하기 시작했다.

'자, 그럼 이제 어디로 간다?'

케이트에게는 자신 있게 얘기했으나 딱히 목적지가 있는건 아니었다.

잠시 고민하던 창준은 혀를 찼다.

'쯧, 이렇게 빨리 연락할 줄은 몰랐는데… 그쪽에 연락하면 최소한 안전가옥은 있겠지?'

지금은 이용할 수 있는 건 모두 이용하는 게 좋을 것 같았다. 그리고 혹시 그들의 힘을 빌려서 왜 MI5가 자신을 잡으려고 하는지도 확인할 수 있을지 몰랐다.

마음을 정한 창준은 운전하다 전화기 부스가 보이자 차를 세우고 지갑에서 명함을 꺼냈다.

얼마 전 받은 명함이다.

전화를 걸자 얼마 지나지 않아 전화를 받았다.

─이렇게 빨리 연락을 줄 거라 생각하지 못했는데, 영국에서 꽤 곤란한 상황인 것 같구만.

비행기에서 들은 주강의 목소리가 들려왔다. 인사도 없이 바로 말하는 걸 보니 전화한 사람이 창준이라는 건 이미 알고 있는 모양이다.

"저도 이렇게 빨리 연락할 거라고는 생각하지 못했습니다."

─하하! 세상 일이 다 그렇지. 그래, 우리에게 무엇을 원하는가? 영국에서 빼내주면 되나?

공항과 항구가 폐쇄되어 있는 상황인데도 별일 아닌 것처럼 말하는 주강의 말에 창준은 잠시 고민했다.

'이대로 영국을 벗어날 수 있다면… 그냥 나가는 게 좋을까?

창준은 고개를 저었다.

영국을 벗어나면 당장은 편할 수 있겠으나 앞으로 여러 가지 문제가 생길 것이다.

일단 영국에서는 자신에게 보복하려고 할 가능성이 컸다. 그리고 그들이 하고 있는 오해가 어떤 것인지 알 수 없지만, 그것에 대해서 확신할 것이다.

뿐만 아니라 여러 가지로 영국과 연계된 사업도 많은데 이것들이 모두 날아갈 가능성이 컸다.

창준은 입술을 깨물었다. 이 모든 일을 벌인 흑마법사가 혹시나 포레스트가 아닐까 걱정되었다.

최소한 7서클 이상이 확실한 흑마법사. 아마 창준이 그와 지금 만나게 되면 분명히 죽을 것이다.

'그리고 흑마법사가 수작을 부리는 건 확실한 것 같은데, 이대로 도망가면 다음에 더 큰 문제가 될 소지가 충분하기는 해.'

─듣고 있나?

한동안 창준이 대답이 없기 때문인지 주강이 창준을 불렀다.

"듣고 있습니다."

─고민이 많은 것 같군. 손자병법에 이환위리(以患爲利)

라는 말이 있는데 알고 있나?

"…모릅니다."

─위기나 고난을 만나면 전화위복의 기회로 삼으라는 말이네. 지금 영국을 벗어나야 하는가에 대해 고민하고 있는 것 같은데 나라면 정면으로 부딪칠 것일세. 어차피 위기나 고난을 피하려고 하면 나중에 더 큰 위험으로 다가오는 게 이 세상 이치니까 말이네.

창준은 저도 모르게 고개를 끄덕였다.

어차피 7서클 흑마법사를 영원히 피하면서 살 수는 없었다. 언젠가는 정면으로 부딪칠 가능성이 더 컸다. 그렇다면 언제까지 피하기만 하면 안 될 것 같았다.

물론 그렇다고 아무런 준비도 없이 부딪치면 안 된다. 그건 오만과 방종일 뿐이다.

"…영국을 떠나지 않습니다. 안전가옥을 지원해 주십시오."

─알겠네.

"그리고 혹시 제가 지원을 요청하면 당신이 저를 도와줬으면 좋겠습니다."

창준이 생각했을 때 주강은 정말 강했다. 어쩌면 주강이 생각한 것처럼 자신은 쉽게 제압당할지도 몰랐다. 사람의 힘을 측정할 수 없다는 건 그런 것이다.

―내가 직접 말인가?

"지금은 자세히 설명할 수 없지만 언젠가는 도움이 필요할 겁니다. 그리고 그건 제 일신에 관련된 일이 아닙니다. 절대적으로 중국에 도움이 되면 되었지 불이익이 되지는 않을 겁니다."

흑마법사의 계획은 항상 세상에 혼란을 불러일으켰다. 그렇다면 중국도 그 혼란을 피해갈 수 없다는 것과 같았다. 그러니 창준의 말은 틀린 게 아니었다.

―흠, 뭔가 흥미로운 얘깃거리를 가지고 있는 것 같군. 지금은 얘기를 할 수 없고?

"제가 결정할 사안이 아닙니다."

필리다의 의견을 물어봐야 했다. 포레스트에 관련된 얘기는 모두 그녀가 해준 것이니까.

―지금 당장 승낙할 사안이 아닌 건 자네도 이해할 수 있겠지?

"…긍정적인지 아닌지 정도는 알려주면 좋겠군요."

―긍정적이기는 하지. 이것 하나는 약속하도록 하겠네. 만약 내가 도움을 줄 수 없는 상황이라면 나중에라도 영국에서 무사히 빠져나갈 수 있게 지원하도록 하지.

"그 정도면 충분합니다."

―그럼 자네가 가야 할 곳과 연락처 하나를 알려주지. 그

곳으로 가서 전화하면 우리 쪽 사람이 자네를 찾을 걸세.

"알겠습니다."

전화를 끊은 창준은 작게 한숨을 내쉬고는 주강이 말해
준 주소를 향해 움직이기 시작했다.

『알케미스트』 10권에 계속…

초대형 24시 만화방

신간 100%, 샤워실, 흡연실, 수면실(침대석), 커플석, 세탁기 완비

■ 강북 노원역점 ■

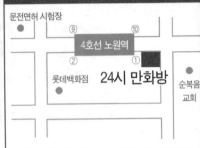

서울 노원구 상계동 340-6 노원역 1번 출구 앞 3층
02) 951-8324 (화용빌딩 3층)

■ 일산 정발산역점 ■

경찰서 ● / 정발산역 ●

제2 공영주차장 ● / 롯데백화점 ●

24시 만화방

E	C	A
	라페스타	
F	D	B

라페스타 E동 건너편 먹자골목 내 객잔건물 5층
031) 914-1957

■ 일산 화정역점 ■

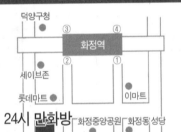

경기도 고양시 덕양구 화정동 984번지 서일빌딩 7층
031) 979-4874 (서일사우나 건물 7층)

■ 부천 역곡역점 ■

역곡역(가톨릭대)

● CGV

역곡남부역 사거리

24시 만화방   홈플러스 ●

삼성 디지털프라자

역곡남부역 기업은행 건물 3층
032) 665-5525

■ 부평역점 ■

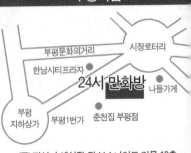

(구) 진선미 예식장 뒤 보스나이트 건물 10층
032) 522-2871

월야환담

채월야 · 홍정훈 장편 소설

"미친 달의 세계에 온 것을 환영한다!"

서울을 중심으로 펼쳐지는 뱀파이어, 그리고 뱀파이어 사냥꾼들의 이야기!
한국형 판타지의 신화, 월야환담 시리즈 애장판
그 첫 번째 채월야!

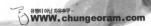

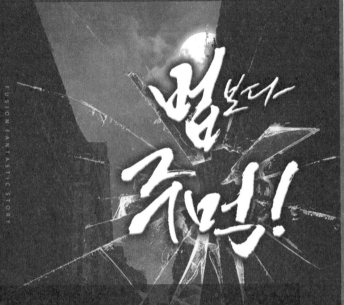